Il y a quand même dans la rue des gens qui passent

DU MÊME AUTEUR

Chez le même éditeur

Quoi de neuf sur la guerre ?, 1993, roman, prix du livre Inter 1994

Récits d'Ellis Island, avec Georges Perec, 1995

Berg et Beck, roman, 1999

Laissées-pour-compte, roman, 2005

On ne peut plus dormir tranquille quand on a une fois ouvert les yeux, roman, 2010

Vienne avant la nuit, album, 2017

Par instants, la vie n'est pas sûre, 2020

Robert Bober

Il y a quand même dans la rue des gens qui passent

P.O.L
33, rue Saint-André-des-Arts, Paris 6e

ISBN : 978-2-8180-5891-6
www.pol-editeur.com

Pour Elen

« Un jour, il s'est retenu à une feuille d'arbre. La solidarité, c'est agréable. »

Pierre Dumayet, *La Nonchalance*

« Quand la lampe n'est pas en-
core éteinte, quand le feu com-
mence à pâlir et que le soleil
se cache, il y a quand même
dans la rue des gens qui passent. »

Pierre Reverdy, *La Lucarne ovale*

Ça s'est passé sur France Inter le 24 janvier 2021. Il était près de 17 heures. L'émission « Le Grand Atelier » de Vincent Josse se terminait.

« Pierre Dumayet était présent dans cette émission. Pierre Dumayet, votre ami, votre tendre ami, votre complice, votre cher confrère. Peut-être que le Paradis existe après tout. Qui sait ? Si un jour, Robert Bober, vous vous rencontrez avec Pierre Dumayet au Paradis, qu'est-ce que vous auriez envie de lui dire d'abord ?

– Je crois que je lui parlerai de ce qui s'est passé aujourd'hui. »

En me posant cette dernière question, Vincent Josse me suggérait, sans peut-être s'en rendre compte, de poursuivre avec toi cette correspondance commencée il y a bientôt quatre ans [1].

1. Robert Bober, *Par instants, la vie n'est pas sûre*, P.O.L, 2020. *Les références explicites aux livres de l'auteur ne feront pas l'objet de notes (NdE).*

Je vais donc faire comme si le Paradis existait après tout et continuer à t'écrire.

Reste à savoir ce que je vais t'écrire. Te raconter ce qui s'est passé ce 24 janvier 2021 ? Oui, bien sûr, je vais le faire, mais plus tard, un peu plus loin. Parce que, comme en écho, sans que je prenne la peine de regarder en arrière, il me revient cette phrase écrite pourtant voici bientôt trente ans dans *Quoi de neuf sur la guerre ?* : « Soit, j'écris. Mais je n'écris pas quoi qu'il arrive ni sur tout ce qui m'arrive. »

Et, précisément, il ne m'arrive plus grand-chose. Ce que j'espérais voir arriver et sur quoi d'ailleurs je n'aurais pas nécessairement écrit, se trouve à la dernière page de *Par instants, la vie n'est pas sûre*. Il y est question de projets, d'espoirs surtout, qui n'ont rien à voir avec l'écriture. À commencer par : « Je voudrais encore prendre le temps de ne rien faire. Ça doit être bien de vivre un peu comme ça de temps en temps. » Et puis : « Faire des choses simples. Simples comme par exemple faire avec mes petits-fils Joachim et Sacha qui ont maintenant douze et dix ans, quelques parties de ping-pong. » Et puis encore : Tenir Anne dans mes bras. Anne ma petite-fille née en Chine où elle vit avec ses parents : mon fils Nicolas et Fang ma belle-fille.

Tout ça n'est pas arrivé.

Ce qui est arrivé, c'était un virus dont on ne voit pas la fin, une pandémie appelée Covid-19 et qui a fait, au moment où je t'écris, plus d'un million de morts dans le monde et plus de cent mille en France. Et cette parcelle de temps que je réclamais pour réaliser ces espoirs, ces rêves, il m'a fallu y renoncer.

Pour éviter la propagation, la transmission de ce virus, pour en être protégé, des consignes ont été données auxquelles il a aussi fallu se soumettre. Comme l'interdiction de certains déplacements et voyages et en particulier les voyages à l'étranger. Et ce n'est donc que sur un ordinateur que j'ai entendu les premiers babillages et vu les premiers pas d'Anne qui a maintenant quinze mois.

D'autres consignes, d'autres obligations ont été données pour lutter contre cette crise sanitaire. Comme ne plus se serrer la main, mettre un masque, se laver très soigneusement et régulièrement les mains et garder les uns avec les autres une distance physique d'un mètre. Toutes ces recommandations étant affichées un peu partout, la Maison de la culture yiddish a eu l'humour de concevoir une affiche que tu vas voir à la page suivante.

Maison de la culture yiddish
פּאַריזער ייִדיש־צענטער
Bibliothèque Medem
מעדעם־ביבליאָטעק

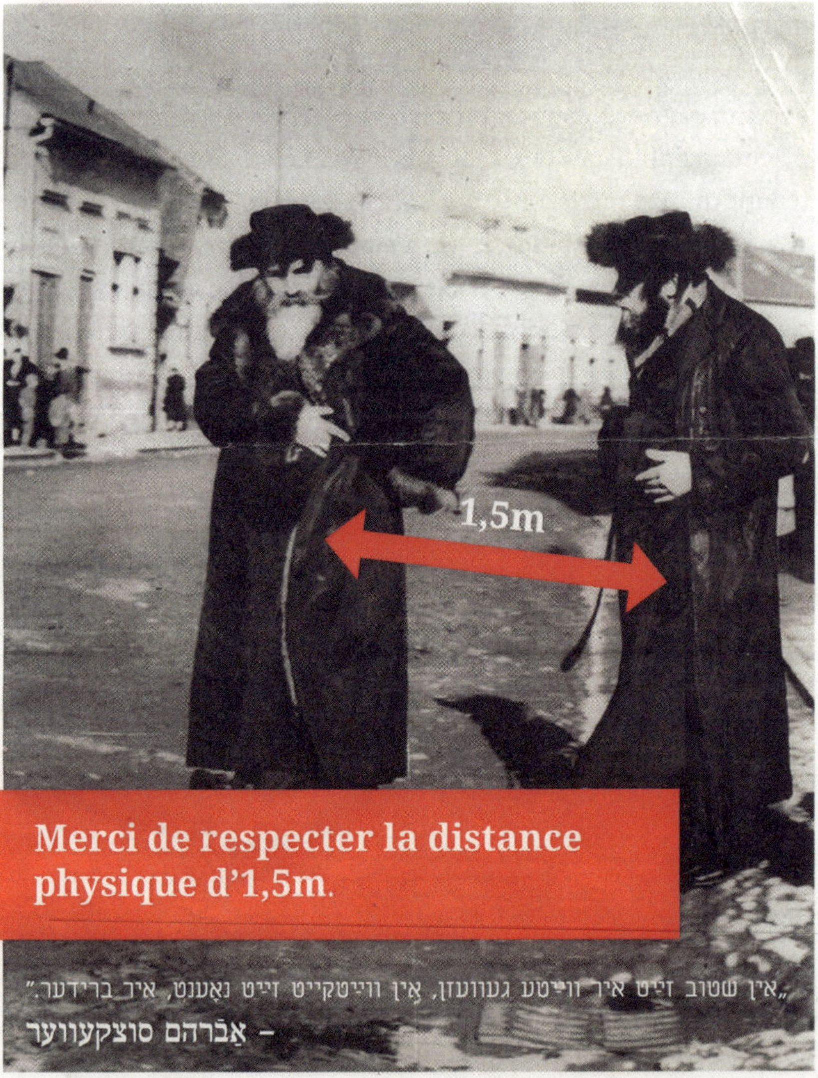

Merci de respecter la distance physique d’1,5m.

„אין שטוב זײַט איר ווײַטע געוועזן, אָין ווײַטקייט זײַט נאָענט, איר ברידער.“

– אַבֿרהם סוצקעווער

J'imagine ton sourire Pierre, en découvrant cette affiche. Moi, elle m'a donné le plaisir d'être renvoyé aux premières réalisations que nous avons faites ensemble pour la série « Lire c'est vivre » : « *Les Récits hassidiques* », « Gog et Magog », « Une phrase talmudique ».

« Je ne sais pas ce que j'envie le plus aux rabbis de "Gog et Magog", avais-tu écrit dans *Autobiographie d'un lecteur*, le fait de savoir tout ce qu'ils savent? Le fait d'avoir le livre en mémoire? Oui je crois que je leur enviais cet avantage. »

Aussi, je pense que cette affiche vaut la peine qu'on s'y arrête un instant. Que nous montre-t-elle? Deux hassidim dont l'un d'eux a une barbe blanche. Un maître et son disciple? Peut-être. Les relations entre les maîtres et leurs disciples, nous l'avons vite appris, sont souvent fécondes et riches en enseignements. Il est donc difficile de séparer un rabbi de ses disciples. Que fait celui dont la barbe est blanche et que je suppose être le maître? Que désigne-t-il de son index : la distance physique à respecter. À son insu bien sûr puisqu'il s'agit ici d'un montage photographique. Mais qui sait?

Je t'ai écrit un peu plus haut que parmi les consignes données pour lutter contre la transmission du Covid-19, il y avait celle qui conseillait d'observer les uns avec les autres une distance physique d'un mètre.

« Aujourd'hui portait hier en lui », disais-tu à propos du *Dernier des Justes* d'André Schwarz-Bart. Cet hier, c'est l'Histoire du peuple juif. Une histoire transmise de génération en génération et que le rabbi de l'affiche a reçue pour la transmettre à son tour. Il sait qu'il faut obéir à ce que nous avons appris de l'Histoire et ne pas attendre qu'un miracle s'accomplisse. Aussi, dans une sorte de prudence anticipée – cette photographie de Roman Vishniac a été prise en 1920 – il pense que pour écarter la menace, 1 mètre ce n'est pas assez. C'est pourquoi je crois que ce qu'il dit et qui se trouve confirmé par ce que son doigt désigne : 1,5 m, c'est ça la bonne distance !

Je vois que tu continues de sourire Pierre en lisant ces dernières lignes. Tu as bien raison.

Moi aussi je souris. Tu sais pourquoi ? Parce que, malgré mes hésitations, je sais pourquoi je vais continuer à t'écrire. En classant petit à petit mes dossiers après avoir terminé la lettre précédente, je me suis arrêté un moment sur ce que tu avais écrit pour commencer le film que nous avons réalisé sur la correspondance de Flaubert. Voici : « Quand nous pensons à un ami, nous nous rappelons sa voix. Pour nous qui aimons lire ses œuvres, Gustave Flaubert est comme un ami. Certes, nous ne connaissons pas sa voix. Mais sa façon de parler, sa spontanéité nous la trouvons dans les lettres qu'il a écrites. Et nous allons en lire quelques-unes. C'est la meilleure façon de s'approcher de lui, de le connaître un peu. »

C'est pourquoi aussi je reprends la plume et le crayon que j'avais laissés à l'abandon. Même si je crains d'être comme cette ruelle dont se souvenait Aragon et dont il disait qu'elle avait oublié d'aller quelque part. Aussi, comme le précédent, ce livre va sans doute ne ressembler à rien qu'à son propre désordre.

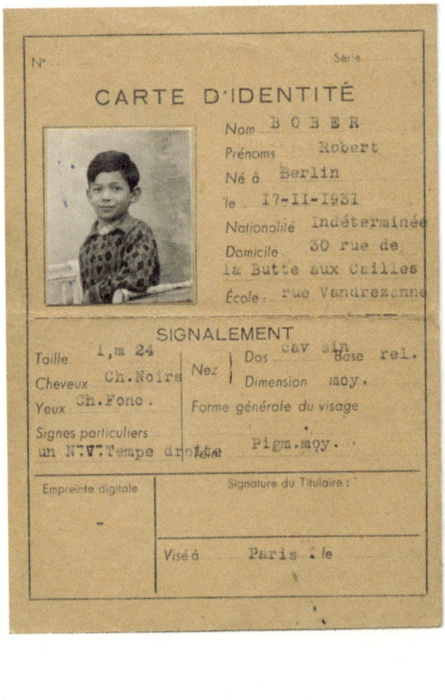

N° Série

CARTE D'IDENTITÉ

Nom BOBER
Prénoms Robert
Né à Berlin
le 17-11-1931
Nationalité Indéterminée
Domicile 30 rue de la Butte aux Cailles
École rue Vandrezanne

SIGNALEMENT

Taille 1,m 24
Cheveux Ch.Noirs
Yeux Ch.Fonc.
Nez Dos cav sin Base rel.
Dimension moy.
Forme générale du visage
Pigm.moy.
Signes particuliers
un N.V. Tempe droite

Empreinte digitale
-
Signature du Titulaire :

Visé à Paris le

Il fallait s'y attendre, et la page précédente, porteuse de ma carte d'identité, en donne une indication, il va être question d'identités. Ce sujet nous l'avions évoqué quelquefois, en particulier lorsque nous avons réalisé le film sur *Les Récits hassidiques* de Martin Buber. Cette carte d'identité, celle que le fonctionnaire chargé de l'établir, soit par oubli soit par négligence, n'a pas datée, qui signale que je mesure 1,24 m et que je fréquente l'école communale de la rue Vandrezanne (CE2? CM1?), dit aussi que ma nationalité est indéterminée. Je ne savais pas encore, au reçu de cette carte, tout ce que cette mention allait annoncer. Sur une autre, plus tardive, plus respectueuse de mon parcours identitaire, figurera la mention suivante : « Réfugié provenant d'Allemagne, apatride d'origine polonaise ». Cette identité qui me désignait en six mots, je l'ai conservée jusqu'en 1955, date à laquelle on accepta finalement de me naturaliser. J'avais vingt-quatre ans. La guerre d'Algérie, je suppose, devait y être pour quelque chose. C'est cette mention qui donna le titre à un film que j'ai tourné en 1975. Film qui était une sorte de recherche et d'affirmation de mon identité et qui commençait par cette phrase : « Je retourne en Pologne sans y être jamais allé. » Et c'est, si je m'en souviens bien, à la suite de ce film que j'avais eu la surprise de t'entendre me demander de te conseiller un livre juif pour la série « Lire c'est vivre ». Et c'est aussi après l'avoir vu que Georges Perec avait souhaité tourner un film avec moi. Ce fut *Récits d'Ellis Island*. Il dira plus tard : « Nos démarches n'étaient pas exactement les mêmes, mais elles se rejoignaient quelque part dans une interrogation commune dont nous eûmes envie d'explorer ensemble les prolongements possibles. Ellis Island nous apparut alors comme le lieu même où venaient s'inscrire les thèmes et les mythes autour desquels s'articulait la recherche de notre identité. »

Dans ma lettre précédente j'avais écrit : « J'appelle des visages, des souvenirs, et ce ne sont pas toujours ceux que j'appelle qui se présentent. Et comme s'ils n'attendaient que ça, ils affluent, en vrac, se donnant la main. » Mais là, dans ce qui va suivre, il ne s'agira plus de souvenirs. Ni appelés ni pas appelés. Mais d'un présent. D'un présent et d'une série de concordances dont j'espère pouvoir me sortir.

Entre autres choses que nous avions en commun, c'est le goût que nous avions pour les humoristes américains que tu avais découverts toi, Pierre, dès les années 1945-1946. Dans *Autobiographie d'un lecteur* tu consacres plusieurs pages à la description de leurs dessins. Sauf pour Saul Steinberg dont tu dis n'avoir « résumé » aucun de ses dessins ayant trop d'admiration pour sa « ligne ». Tu l'avais rencontré un peu plus tard alors qu'il venait de publier un album sur New York. « Presque tous ces dessinateurs, avais-tu écrit – ces cartoonistes –, avaient un point commun : ils venaient d'Europe, de Roumanie, de Hongrie. Leur judéité les apparentait à Kafka et à l'horreur des camps. »

Tu dois te souvenir Pierre, qu'inspiré par ce dessin de Steinberg, je l'avais à plusieurs reprises « adapté » pour indiquer ou illustrer l'acte de lire ou de relire. Il me suffisait, dépassant du livre, de placer un visage. Le tien par exemple, relisant une fois de plus *Madame Bovary* ou celui de Harpo, lisant avec la curiosité affectueuse que l'on imagine, les mémoires de son frère Groucho.

Et voilà qu'en novembre dernier notre ami Jean Frémon qui dirige la galerie Daniel Lelong, m'envoie *Le Miroir magique* que les éditions P.O.L viennent de publier. On y croise pêle-mêle, dit la quatrième de couverture, Vigée Le Brun, Rembrandt, David Hockney et toute une suite de noms dont celui de Saul Steinberg sous le titre « Pas celui que vous croyez ». Ce titre associé au nom de Steinberg m'invitait à commencer par là. D'autant plus que le texte que lui consacre Frémon commence par : « Mon Dieu, mais ce n'est pas moi. » La suite vaut d'être citée. Elle nous apprend que le jeune Steinberg quittant la Roumanie pour Milan afin d'étudier l'architecture, obtint finalement son diplôme dans lequel il est précisé que le récipiendaire est « de race hébraïque ». Je recopie ce que dit Frémon : « Vous voulez de l'identité ? Des preuves d'identité ? En voici en voilà. L'Italie entre en guerre, la Roumanie est débitée en tranches : les Soviétiques occupent la Bessarabie, la Hongrie revendique la Transylvanie, la Bulgarie s'arroge Dobruja, le roi Carol II abdique, la garde de fer installe le général Antonescu au pouvoir. Le passeport de Steinberg expire, il n'est pas renouvelé, le voilà officiellement apatride. Après moult péripéties il atteint finalement New York. »

Après, c'est Steinberg qui raconte. Son premier réflexe, une fois new-yorkais, est de consulter l'annuaire téléphonique. Or, dans l'annuaire, à la page des Steinberg, déjà largement fournie, il s'en trouve un qui se prénomme Saul. C'en est trop. Il appelle. « Allô, Monsieur Steinberg ?

– Oui.

– Monsieur Saul Steinberg ?

– Oui.

– Mais êtes-vous vraiment le VRAI Saul Steinberg ?

– Ah vous voulez dire le dessinateur ? Non, ce n'est pas moi.

– Ouf, vous m'avez fait peur », dit-il en raccrochant.

Les petits messieurs que dessine Saul Steinberg ont des relations complexes à l'identité, dit encore Frémon, et il cite Steinberg : « Le but de l'artiste est de finir par ressembler à soi-même. »

C'est aussi ce que m'avait dit Paul Otchakovsky-Laurens lorsqu'il m'avait suggéré de changer un mot en me disant, pour ne pas me défaire de ma langue première : « Ce n'est pas un mot à toi. »

Deux jours après avoir reçu le livre de Frémon, sur lequel je reviendrai certainement, pour mon anniversaire (quatre-vingt-neuf ans) j'ai reçu d'une amie qui m'est chère, Anne-Marie, libraire à Metz, un livre d'un auteur que je ne connaissais pas, Fabio Viscogliosi, et dont le titre est *Harpo*. En épigraphe de ce livre, il y a cette phrase qui se trouve dès la première page de *Harpo et moi* : « Ce serait inutile de vous dire à quoi je ressemble, de toute façon vous ne me reconnaîtriez pas. » Et dès la page suivante : « Il est une sorte de personnage célèbre qui porte mon nom [...]. Pourtant si vous avez déjà vu un film des Marx Brothers, vous saisirez la différence entre lui et moi. Lorsqu'il pourchasse une fille à travers la scène, c'est lui. Lorsqu'il s'assied pour jouer de la harpe c'est Moi. »

Comme tu vois, je n'ai pas quitté Steinberg.

Je continue avec Harpo.

Depuis que j'ai commencé cette correspondance, de crainte que ma mémoire me fasse défaut, je prends la précaution, avant d'en parler, de regarder avec attention certains films que j'ai réalisés. Seul ou avec toi.

Cette fois encore j'ai bien fait. Parce que c'est ainsi que je me suis aperçu que Harpo Marx était déjà là, présent à l'image, dans *Cholem Aleikhem, un écrivain de langue yiddish*. Ce film (mon premier), tourné en 1967 est celui dans lequel, pour la première fois, on a entendu la langue yiddish à la télévision française.

Dans ce film, après avoir dit ce qu'était la langue yiddish, il m'avait paru important de dire sur une image montrant mes grands-parents, « que pour eux il était relativement simple d'être Juif, il suffisait pour être Juif de ne pas dire qu'on ne l'était pas lorsqu'on l'était ». Puis sur l'apparition inattendue de Harpo dans une séquence tirée de *La Pêche au trésor* de David Miller je poursuivais : « Aujourd'hui, pour rester Juif, il faut peut-être commencer par l'affirmer. »

Si je parle d'apparition inattendue de Harpo, c'est qu'on pouvait légitimement se demander ce qu'il venait faire dans un documentaire sur Cholem Aleikhem. Je vais tenter de dire pourquoi il était présent en rappelant que comme « nos » cartoonistes américains Harpo se passait de la parole.

Dans cette séquence, poursuivi sur les toits de la ville par des individus dont les intentions sont loin d'être bienveillantes, Harpo trouve à se réfugier derrière une publicité lumineuse géante pour une marque de cigarettes crachant une épaisse fumée à jets réguliers. Découvert, au lieu de prendre la fuite, Harpo aveugle ses poursuivants en recrachant sur eux la fumée qu'il avait emmagasinée. Et c'est comme si dans ces jaillissements continus de fumée sortis de la bouche d'un Harpo soudainement hilare, retournant vers l'enfant qu'il n'avait jamais cessé d'être, se manifestaient, rassemblés, ses souvenirs d'écolier humilié. Ces jets de fumée venant d'Harpo n'avaient pas eu besoin de sous-titres.

Lorsqu'on sort un livre de sa bibliothèque pour y retrouver par souci d'exactitude un passage précis, il est déraisonnable de croire, si c'est un livre qu'on a aimé, qu'on va le replacer sitôt après avoir trouvé ce qu'on y cherchait. Il y a des livres comme ça. *Harpo et moi* est de ceux-là. Une fois en main on ne le lâche plus. C'est ce qui m'est arrivé. En tournant les pages, oubliant presque pourquoi je l'avais ouvert, j'ai revu une phrase que pour de bonnes raisons j'avais fortement soulignée. Elle se trouve dans le moment où Harpo, en route pour une tournée en Union soviétique qui, après quelques problèmes, allait se révéler triomphale[1]. Passant par l'Allemagne, il est effaré par

1. Plus peut-être que pour son talent, il devait son invitation en URSS, disait-on, à son nom de famille.

ce qu'il y voit. Et il décrit les magasins et entrepôts couverts d'étoiles jaunes et d'inscriptions antisémites. C'était en 1933. La phrase fortement soulignée est celle-ci : « Cela faisait seulement six mois que Hitler était au pouvoir. Jamais depuis ma bar-mitsva, je n'avais été aussi conscient d'être Juif. » C'est aussi en 1933 que mes parents avec ma sœur et moi avons quitté Berlin pour Paris.

Le film *La Pêche au trésor* a été tourné peu de temps après la guerre et je n'ai jamais pu m'empêcher de penser que les jets de fumée jaillissant de la bouche de Harpo étaient cinglants, éclatants comme l'affirmation de son identité.

Les envois très rapprochés du livre de Frémon et de celui appelé *Harpo* ne devaient rien au hasard et avaient même quelque chose d'annonciateur.

Que Harpo soit présent dès mon premier film, puis dans d'autres, puis dans mes écrits était rassurant. Compagnon devenu familier, indispensable, sa présence, chaque fois, venait s'ajuster sur ce que j'avais à dire.

Dans ce dernier paragraphe, juste après avoir écrit « puis dans d'autres », j'ai failli mettre un petit 1 afin de signaler la présence d'une note en bas de page. Si elle n'y est pas c'est que ce que je veux dire demande plus qu'une note. Voici pourquoi : je me souvenais que dans le film que nous avons réalisé sur Jean Tardieu en 1995 pour la série « Un siècle d'écrivains », j'avais inséré cette fois encore une séquence d'un film des Marx Brothers. Je viens de la regarder. C'est très exactement la même que dans le film sur Cholem Aleikhem. Et sur le texte suivant, dit par toi : « Jean Tardieu constate presque sans le faire exprès que les mots dont il se sert, dont on se sert autour de lui, sont comme anémiés, fatigués, usés à force de sortir de tant de bouches. À force aussi d'avoir en principe toujours le même sens, la même signification. » Et ça marche aussi bien ! Ça ne dit pas la même chose, mais ça marche. C'est à croire que sur cette séquence où Harpo fait jaillir de sa bouche d'épais jets de fumée on doit pouvoir dire bien d'autres choses. Que les mots soient fatigués ou pas.

Mais il y a plus. Dans ce film sur Tardieu il y a également toute une séquence illustrée par des dessins de Saul Steinberg. Alors quoi ? Hasard ? Non, parce que comme toi, le hasard je n'y crois pas beaucoup. Et c'est le moment de placer ta phrase qui n'attendait que ça : « Le hasard est grand, mais il faut toujours se demander, face à n'importe quelle situation, comment essayer de l'inviter. »

Alors invitons-le. Mais pas tout de suite. Pas tout de suite parce qu'il y a une autre phrase de toi dont je crois qu'il faut parler avant d'aborder cette histoire de hasard. La voici : « Les sentiments que nous éprouvons pour des personnages fictifs sont-ils réels ? » Et tu poursuis : « la vraie question serait de savoir s'il nous semble ou non que les sentiments que nous avons pour Hamlet ou pour Madame Bovary sont de la même nature que ceux que nous éprouvons pour des personnes véritables. »

Bien que dans *Autobiographie d'un lecteur* tu t'entoures autant de personnages fictifs que de gens réels, tu dis que cette question est un piège. Aussi vais-je avancer doucement, avec précaution, en me gardant bien de donner une réponse définitive. Mais si j'ai tenu à citer ton propos, c'est que j'ai essayé de comprendre pourquoi, quoi que j'écrive (ou presque), Harpo est là, qui rapplique aussitôt.

Frères dans la vie, les Marx Brothers ne le sont plus dans leurs films. Ce sont des personnages de fiction jouant dans des films de fiction. Dans ses films Harpo s'appelle successivement Pinky, Stuffy, Tomasso, Punky, Wacky, sauf dans *La Pêche au trésor*. Cette fois il n'a pas changé de nom. Il a gardé celui d'Harpo. Parce que cette fois il est l'auteur du scénario et que ce film est son dernier. Et à revoir tous ses films précédents (treize je crois) à la lumière de ce dernier, ce qui saute aux yeux, c'est que de film en film, Harpo n'a jamais cessé d'être lui-même. Et à relire *Harpo et moi* nous sommes devant cette évidence : Harpo n'est pas un personnage fictif. Il est dans ses films ce qu'il est dans la vie.

« Il m'arrive de sentir davantage ce que vivre veut dire en écrivant » a dit Pierre Reverdy[1]. C'est ce qui vient de m'arriver. D'avoir écrit cette dernière page m'a aidé à comprendre les raisons pour lesquelles Harpo se retrouvait dans mes films et mes écrits.

---

1. Pierre Reverdy, *En vrac*, Éditions du Rocher, 1956.

Dans *On ne peut plus dormir tranquille quand on a une fois ouvert les yeux* :

C'est Bernard, le narrateur qui raconte : « J'avais emmené Alex (retiens ce prénom) voir un film des Marx Brothers dès que je l'avais pensé capable de lire des sous-titres au cinéma. Il devait avoir sept ou huit ans. C'était *Les Marx au grand magasin* et il avait été tellement emballé de voir trois types faire sur un écran tout ce qu'il aurait aimé faire lui-même dans la vie, qu'il avait fait de Harpo son maître à penser. Le soir à table il avait dit qu'il aimerait comme cadeau d'anniversaire, en plus des patins à roulettes déjà promis, un imperméable comme en portait Harpo avec des poches très profondes. Et il avait ajouté : « Plus tard, quand je serai grand, je voudrais être un acteur muet. »

Dans *Berg et Beck* :

C'est Berg, éducateur dans une maison d'enfants de déportés qui raconte : « Harpo, les enfants auraient aimé l'avoir comme éducateur. Organisateur de pagaille, capable de sortir de son fameux imperméable une invraisemblable quantité d'objets, il semblait avoir conservé son âme d'enfant ». Et Berg, qui après avoir vu « Les Marx au grand magasin » dans lequel il y a une incroyable poursuite en patins à roulettes, pense qu'il pourrait en tirer profit. Aussi, il a l'idée de faire assurer le dimanche suivant (à l'insu des enfants) tout le service de table par l'ensemble des moniteurs chaussés de patins à roulettes. Mais, le jour dit, comme certains moniteurs n'avaient encore jamais chaussé de patins à roulettes, le repas tint autant de la course-poursuite que du numéro de cirque. « Et les enfants furent radieux, dit Berg, comme si cette maison était enfin devenue la leur. Ces instants de joie, ces moments de vie volés emplissaient le cœur des enfants. Rien, aucune menace, ne semblait pouvoir les atteindre. Ce bonheur était là, simplement, déposé ce jour, comme un souvenir qui ne les quitterait plus. »

Il y a, presque à la fin de *Harpo et moi* quatre pages merveilleuses. Celles dans lesquelles Harpo raconte comment ses quatre enfants, Billy, Aleck, Jimmy et Minnie ont été adoptés. Plus exactement comment avec Susan, sa femme, ils le racontent à leurs enfants. Et c'est un conte de fées. Comme on s'y attend, ça se passe le soir, juste avant le coucher. Les enfants sont en pyjama et il n'est pas question qu'ils acceptent d'aller au lit sans qu'on leur raconte ce qu'ils appellent « l'histoire ». Une histoire qu'ils connaissent par cœur au point qu'ils se mordent les lèvres pour s'empêcher de la raconter eux-mêmes. Et Harpo et Susan font durer le suspense, jouant à se consulter pour mieux se souvenir si l'enfant qu'on leur présente est le bon. Et pour chacun d'eux, l'un après l'autre, l'excitation est insupportable et c'est délicieux. Pour Minnie surtout, arrivée la dernière dans la famille, et qui, tremblante, doit attendre son tour. Et lorsque enfin Harpo demande ce que les frères déjà adoptés veulent le plus au monde, Minnie, qui n'en peut plus, dit dans un souffle : « Une petite sœur. » Elle est épuisée mais radieuse.

Pour te raconter ce moment de *Harpo et moi*, je l'ai relu une fois encore, et je crois que tu ne seras pas surpris Pierre, si je te dis que cette fois encore, j'ai laissé venir mes larmes. Elles étaient douces. Et ce moment de lecture précieux.

Oui Pierre, les enfants des foyers d'enfants de déportés auraient aimé avoir Harpo comme éducateur.

Et le hasard dont je t'ai parlé tout à l'heure ? Je ne l'ai pas oublié. Si je t'ai demandé de retenir le prénom d'Alex, c'est parce qu'il se trouve que l'un des deux traducteurs de *Harpo et moi* s'appelle Alex Beck. Alex comme l'enfant de *On ne peut plus dormir tranquille…* dont le père est mort dans un accident d'avion. Et Beck, comme mon copain qui à l'âge de onze ans est mort en déportation. Deux enfants. L'un fictif, l'autre réel, réunis dans le nom d'un traducteur. Alors, hasard ? Comment l'appeler autrement ? Aussi, lorsque comme ici il se présente, comme promis il convient de l'inviter.

Hasard encore. Mais cette fois en apparence seulement. Dans le livre *Harpo* de Fabio Viscogliosi, accompagnant l'épigraphe reproduisant la phrase que l'on retrouve en première page de *Harpo et moi*, il y en a une autre, tout à fait inattendue celle-ci, tirée de « Ain't misbehavin », une chanson du musicien de jazz Fats Waller : « No one to talk with / All by myself / No one to talk with / But I'm happy on the shelf/Ain't misbehavin' / I'm saving my love for you. » Je traduis les deux premiers vers : « Personne à qui parler / Seul avec moi-même ».

Il se trouve que ce morceau de jazz est très certainement celui qu'à la fin des années 1940 j'ai le plus écouté sur mon vieux phono et que, plus tard, j'ai fait écouter aux enfants en colonie de vacances. Et par conséquent celui que naturellement Berg fait écouter aux enfants. « Il était tout Fats Waller : subtil, ironique, lucide, généreux, imaginatif, pudique, familier et délicat, dissimulant toujours sa tendresse sous les plaisanteries. »

Ces dernières lignes sont extraites de *Berg et Beck*. Lignes auxquelles j'avais ajouté l'écoute de « The Joint Is Jumping » également chanté par Fats Waller : « Après les coups de sifflet et les sirènes de la police entendus à la fin du morceau, Fats Waller donnait ce prudent conseil : "Don't give your right name, no, no!" » « Surtout ne donnez pas votre véritable nom, non, non ! » Il avait tout compris Thomas « Fats » Waller.

Et me voilà revenu d'où j'étais parti.

Qu'est-ce que j'ai appris à rassembler, à relier toutes ces histoires entre elles ? Toutes ces histoires, toutes ces identités confondues, chargées, traversées de souvenirs, ces hésitations, ces étonnements, ces temps d'arrêt, ces égarements parfois, que je n'ai pas cessé d'interroger et dont finalement je ne cherche peut-être pas à sortir ?

Aux dessins (aux signes ?) qui, comme s'ils s'étaient donné le mot, se sont trouvés réunis au commencement de ces pages sur l'identité, j'ai envie d'ajouter celui-ci :

Maintenant qu'il est là, il va falloir que j'essaie de comprendre pourquoi.

Ce personnage dessiné par Steinberg, qui est-il ? Steinberg aurait-il encore dit après l'avoir dessiné : « Mon Dieu, mais ce n'est pas moi ! » Et moi, après l'avoir reproduit, est-ce que je pourrais dire aussi que ce n'est pas moi ? Alors pourquoi avoir eu envie de le reproduire si c'est un autre que moi ? Et si c'est moi, pourquoi l'avoir rayé ? Rayé, ça veut dire quoi ? Que je ne suis pas arrivé au bout de ce que je voulais dire ? Au bout des questions que je continue de me poser ?

Dans le poème *Cortège* de Guillaume Apollinaire il y a ces vers :

« Un jour
Un jour je m'attendais moi-même
Je me disais Guillaume il est temps que tu viennes
Pour que je sache enfin celui-là que je suis »

Il n'est pas question ici de nationalité, mais lorsque l'on sait que Guillaume Apollinaire a été naturalisé français à l'âge de trente-six ans, même à tort, comment ne pas y penser.

Il est temps que je te dise Pierre, que le titre de l'album de Saul Steinberg c'est *The Passport*. Mais ce titre n'apparaît pas sur la couverture. On ne le trouve qu'à l'intérieur. Sur la couverture il n'y a que ce dessin. Aussi je me demande si ce personnage qui regarde derrière lui mais qui continue d'avancer n'est pas un autoportrait de Steinberg.

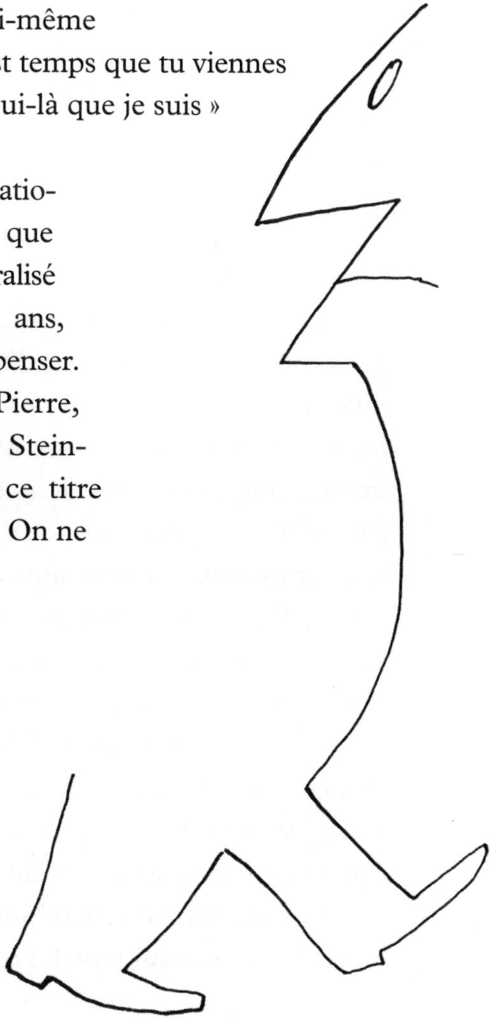

Dans *Quoi de neuf sur la guerre ?*, dans le chapitre intitulé « Merci, Monsieur le commissaire ! » je racontais l'histoire d'un jeune homme, Joseph, qui déposant au commissariat de son quartier des papiers afin d'obtenir la nationalité française, s'entendit répondre par le commissaire : « vous pouvez être certain que je ferai tout ce qui est possible pour que vous n'obteniez pas satisfaction. » Et j'avais écrit la réponse de Joseph : « Monsieur le commissaire, c'est vous qui avez arrêté mes parents. Souvenez-vous, Monsieur le commissaire, c'était le 16 juillet 1942 au matin... Bien sûr, vous vous en souvenez. Mais ce que vous ne savez pas, c'est que je me suis sauvé juste avant d'entrer au Vel'd'Hiv. Je me suis sauvé et j'ai couru. Ça court vite un garçon de quatorze ans. Ça court vite surtout quand il ne se retourne pas pour voir ses parents une dernière fois parce que ça l'empêcherait de continuer de se sauver. Et, j'en suis sûr aujourd'hui, mes parents non plus ne m'ont pas regardé courir, pour ne pas attirer les regards sur moi. Le courage, Monsieur le commissaire, le vrai courage, c'est ça : ne pas regarder son enfant s'enfuir pour lui donner une chance de survivre. »

L'enfant qui m'avait inspiré ce récit n'avait pas quatorze ans en 1942 lorsqu'il s'était échappé du Vel'd'Hiv. Il en avait onze et il s'appelait Zozo. On le voit sur une photo prise à Draveil en 1945. Draveil, c'est ce château dont je t'ai parlé dans ma précédente lettre, où pour les vacances de la Pentecôte, l'UJRE[1] avait regroupé une centaine d'enfants qui avaient tous en commun d'avoir été des enfants cachés. Zozo, sur la photo, c'est celui qui est tout à fait à gauche, assis, le poing levé. Le drapeau rouge au centre de la photo, orné de la faucille et du marteau raconte pourquoi.

1. UJRE : Union des Juifs pour la Résistance et l'Entraide.

Oui, c'était Zozo qui à onze ans avait couru sans s'arrêter du Vel'd'Hiv jusqu'à Belleville. Belleville c'était d'où il venait et il ne pouvait courir que vers d'où il venait. C'est à Draveil qu'il nous avait raconté ça et on l'avait écouté nous raconter sa course folle à travers Paris. On ne lui avait pas demandé par où il était passé. Et lui, le savait-il ? Seules, ses jambes semblaient l'avoir guidé. On ne s'était pas demandé non plus si se sauver sans se retourner avait été une chose difficile. Peut-être la chose la plus difficile de sa vie. On s'en tenait à l'exploit. Je l'imagine, aujourd'hui, en nage, frappant à une porte amie. Chez qui ? Chez un oncle ? Une tante ? Un voisin peut-être. Je ne me souviens pas de tout ce qu'il nous avait raconté, mais peut-être n'avait-il rien raconté d'autre. On ne raconte que ce que les autres ne savent pas. Ce qu'il savait et que nous savions aussi, c'est qu'alors il avait fallu se cacher. De ça non plus nous ne parlions pas. Et puis nous n'étions pas là pour ça. Mais pour commencer à vivre une vie différente de celle que nous avions eue depuis qu'il nous avait fallu porter l'étoile jaune. Et pour vivre cette vie différente Zozo semblait être le plus apte.

À Draveil, il participait à tous les jeux. Inlassablement. Avec une sorte de génie. Au ballon prisonnier il était le meilleur. Aucun ballon, d'où qu'il vienne, ne semblait pouvoir l'atteindre. D'une incroyable vivacité il les évitait tous. À la fin, n'ayant pas été touché, il souriait comme sourit le vainqueur d'une épreuve. Comme si ces moments où le ballon avait sans cesse été évité étaient vécus comme un prolongement, une variation heureuse de sa course à travers Paris. Même si je pense maintenant que c'est en larmes qu'il était arrivé à Belleville.

Les raisons pour lesquelles nous étions là – je t'en avais parlé Pierre – étaient dites aussi par nos chansons. Elles témoignaient de notre volonté de participer à la transformation du monde. Mais le soir, aux veillées, autour d'un feu de camp, ce n'était plus des chants de peuples en lutte et pas non plus des chansons de route. C'était des chansons faites d'amour, de douceur, empreintes parfois d'un peu de tristesse, celles que l'on chante en se tenant par les épaules, *La Complainte de Mandrin*, *Aux marches du palais*, *Brave marin revient de guerre*, *Souliko*. Les chansons écrites pour nos martyrs n'étaient pas oubliées, *Le Chant des marais*, *Le Chant des survivants*. Et celles qu'on appelle les chansons du soir, chantées presque murmurées : « Ô flamme monte que ta lumière nous purifie », « Les plaisirs sont doux d'être auprès de vous. » Rien ne nous semblait plus pur que ces veillées où naissaient des amours secrètes.

Et, je pense que ça devait être un des derniers soirs, nous venions de chanter « Le Chant des crapauds ». À cause des paroles : « La nuit est limpide / l'étang est sans ride / dans le ciel splendide / luit le croissant d'or », c'est une chanson que nous chantions presque par tradition en fin de veillée. Oui, ce soir-là, comme en écho au « Chant des crapauds », une voix seule s'est élevée dans le silence qui avait suivi. Le feu, devenu braises, comme par discrétion, avait cessé ses craquements et nous avons entendu : « Ô nuit /qu'il est profond ton silence /

quand les étoiles d'or/scintillent dans les cieux »... C'était *L'Hymne à la nuit* de Jean-Philippe Rameau. Je ne saurai jamais dire comme c'était beau. Et parce que c'était beau, parce que c'était juste, vivant, Zozo a dit moi aussi je connais une chanson. Et sans attendre, il est venu près du feu, et ce qu'on a entendu c'est ça :

« Embrasse-moi Joséphine, embrasse-moi
Tu vois bien que j'ai l'béguin pour toi
À quoi bon faire tant de manières
Un bon mouvement, laisse-toi faire
Si tu ne voulais pas m'embrasser
Il ne fallait pas tant m'aguicher
Joséphine, entends-tu
Je souffre et je n'en peux plus
Embrasse-moi, Joséphine embrasse-moi. »

On l'a su après, c'est le paysan chez qui il avait été caché qui lui avait appris cette chanson.

Zozo chantait comme il jouait au ballon. Avec la même conviction. C'est pourquoi, pour chanter ce que nous venions d'entendre, il lui a fallu se lever. Et puis, bras ouverts portés vers l'avant ou mains posées sur le cœur, un genou posé à terre, tous ses gestes épousaient au mot près les paroles de la chanson.

Comme nous avions beaucoup ri, à aucun moment nous nous sommes demandé ce que nos moniteurs pensaient de sa prestation. À m'en souvenir, ils avaient écouté Zozo chanter *Joséphine* sans rien laisser paraître de leur surprise. Comme c'était totalement inattendu, au-delà de leur surprise, ils ont dû être, je crois, plutôt stupéfaits, déconcertés. À m'en souvenir encore pourtant, ils paraissaient bienveillants, en tout cas conciliants. Peut-être amusés mais, j'en suis aujourd'hui persuadé, tout à la fois embarrassés parce que tout de même, un peu avant, nous avions encore chanté :

« Par le froid et la famine
Tu conquis notre bonheur
Tu es mort ami Lénine
Mais tu vis dans notre cœur »

Nous devions avoir une vingtaine d'années quand nous nous sommes perdus de vue. Un jour on m'a appris qu'il était mort dans un accident de voiture. Zozo mort. Je n'arrivais pas à le croire. S'échapper du Vel'd'Hiv à onze ans et mourir dans un accident de voiture, je ne connais pas plus con comme histoire. Peut-être est-ce pour ça que dans *Quoi de neuf sur la guerre ?*, toujours dans le même chapitre, à Joseph, ce jeune homme venu déposer au commissariat de son quartier une demande de naturalisation et qui s'entendant répondre : « Vous pouvez être certain que je ferai tout ce qui est possible pour que vous n'obteniez pas satisfaction », je lui avais fait dire au commissaire : « Il faut que je vous fasse part d'une décision que je viens de prendre à l'instant même. Il faut que je vous en fasse part parce que, soudain, j'éprouve grâce à vous, un immense désir : celui d'écrire. Oui, Monsieur le commissaire, j'écrirai pour devenir écrivain. Pour devenir un écrivain de langue française. Je prendrai le temps nécessaire. J'y mettrai l'application nécessaire, mais j'écrirai. J'écrirai pour dire le scandale de votre présence ici, dans ce commissariat, et pour dire que vous n'avez pas réussi à tout anéantir puisque je suis vivant, là, devant vous avec mon projet d'écriture. »

Mais *Quoi de neuf sur la guerre ?* est un roman.

Habitué par toi de souligner des mots, des phrases dans les livres que je lisais, j'avais, dans *Autobiographie d'un lecteur*, fortement souligné celle-ci : « Je viens de relire les dix lignes qui précèdent : je ne suis pas content », avais-tu écrit. J'ai fait comme toi, Pierre : je viens de relire les pages racontant l'histoire de Zozo, et je ne suis pas content non plus. Pourquoi ? Parce qu'il y a quelque chose que je n'ai pas su dire. Ce que je voulais dire, c'est que si aujourd'hui, plus de soixante-quinze ans après, je me souviens si bien des paroles et de la musique de « Joséphine », c'est que j'ai souvent éprouvé le besoin de me tourner vers l'innocence de mon copain Zozo.

Cette innocence, je l'ai rencontrée encore en voyant pour la première fois une photo de Diane Arbus. Elle était reproduite dans un des suppléments publiés à la fin des années 1970 par *Le Nouvel Observateur* sous le titre *Spécial photo*.

Curieusement, alors que chaque photo reproduite dans ces suppléments est accompagnée d'un commentaire, pour celle-ci il n'y avait que la légende : « un géant juif chez lui avec ses parents dans le Bronx, NY 1970 ».

Dans son éditorial, la rédaction dit dans un de ses suppléments que « ce qu'une photographie donne, il semble qu'elle le donne d'un coup. » C'est généralement vrai. Sauf là. Là c'est la légende qui m'a d'abord arrêté. Un géant juif? Qu'est-ce qui distingue un géant juif d'un géant pas juif? Pourquoi cette indication concernant l'origine? Seule, Diane Arbus, je crois, aurait pu répondre. Mais à peine m'étais-je posé cette question, voilà que Harpo Marx une fois encore a rappliqué. Pourquoi? Qu'est-ce qui presque spontanément a provoqué sa venue? Tout comme toi qui as écrit que *Madame Bovary* est un livre que tu pourrais relire les yeux fermés, moi c'est le livre *Harpo et moi*. Et en raison d'une sorte de résonance, de réminiscence, et, je suppose, par un curieux effet de contraste, ces deux mots : Juif et géant et le nom d'Harpo ont été associés.

J'ai donc repris le livre d'Harpo sur lui-même et aussitôt retrouvé mon souvenir : « Je quittais l'école primaire par la voie la plus rapide : la fenêtre! Il y avait à cela deux causes, la première était un grand gosse irlandais de ma classe. La seconde était un autre gosse irlandais encore plus grand que le premier. » Après avoir dit qu'il était le seul Juif de la classe, Harpo racontait que régulièrement les deux Irlandais profitant des absences momentanées de la maîtresse l'attrapaient et le jetaient par la fenêtre. « J'avais huit ans lorsque je fus jeté par la fenêtre de l'école la dernière fois. » Ce qui fit dire à son frère Groucho : « Harpo avait quitté l'école avec le diplôme de fin d'études de l'école maternelle. »

Parenthèse : Dans *Histoire d'une vie*, Aharon Appelfeld écrit : « les enfants non juifs étaient plus grands que moi, plus robustes [...]. Selon leur bon vouloir, ils vous frappaient ou vous laissaient tranquille. »

En reprenant le livre d'Appelfeld afin de recopier cette phrase, j'ai vu que tout naturellement, en marge des lignes qu'en première lecture j'avais soulignées, j'avais également écrit le nom d'Harpo.

Je reviens à la photo du géant juif. Je la regarde, comme, j'en suis sûr, Diane Arbus nous demande de la regarder : avec attention.

Faisons ce qu'elle nous demande. Arrêtons-nous sur la photo de cet homme trop grand. Elle est indissociable de sa légende et elle est bouleversante. Indissociable parce que la légende dit : chez lui. Il est chez lui, debout, et il doit baisser la tête, appuyé sur une canne, parce que le plafond est trop bas. Il est chez lui, prisonnier d'un corps qui ne peut plus se redresser et c'est voûté qu'il est condamné à regarder le monde. Cette photo montre un géant et montre un lieu. Un pauvre lieu fait pour d'autres.

Ses parents sont venus le voir. C'est aussi ce que montre cette photo. Ils se parlent. On tremble de savoir ce qu'il peut répondre s'ils lui demandent comment il va. Est-ce qu'il leur parle de ses jours et de ses nuits ?

J'aurais aimé connaître le nom de ce jeune géant et pouvoir le dire. Et ne pas dire seulement : le géant. Il doit pleurer en silence comme pleurent les enfants lorsqu'ils sont seuls le soir. Et ce n'est plus la photo de Diane Arbus que je regarde longuement. C'est cet homme, cet enfant.

Dans *Le Forçat innocent* de Jules Supervielle il y a ce vers :

« Je suis si loin de vous dans cette solitude. »

Nous savons que Diane Arbus, guidée par le besoin d'entretenir un contact avec les personnages hors norme, attachée à maintenir une relation de confiance avec ceux qu'elle photographiait, revenait les photographier quelques années après. Mais pas ce géant. Cette photo a été faite en 1970. Un an avant la mort de Diane Arbus. Dépressive, elle s'était suicidée. Elle venait d'avoir quarante-huit ans.

En replaçant dans ma bibliothèque l'autobiographie d'Harpo là où sont rangés les livres sur ou de l'un des Marx Brothers, mon attention a été attirée par la présence d'un marque-page dépassant de la *Correspondance de Groucho Marx*. C'était un vieux ticket d'entrée du cinéma Action Christine. Curieux de savoir ce que ce ticket signalait, j'ai ouvert le livre. À la page indiquée il y avait cette histoire :

Un jour, Groucho demanda à Harpo quelle était la forme de la Terre. Harpo lui répondit avec candeur qu'il ne savait pas. « Voyons, dit Groucho, quelle est la forme de mes boutons de manchettes ?

– Carrée, dit Harpo.

– Non, pas ceux que je porte tous les jours, ceux que je porte le dimanche.

– Ronde, répondit Harpo.

– Bien. Alors quelle est la forme de la Terre ?

– Ronde le dimanche et carrée la semaine. »

Il avait raison Harpo, la Terre n'est pas toujours très ronde.

Si j'ai rappelé que tu avais écrit que lire les lettres écrites par Flaubert était la meilleure façon de s'approcher de lui, de le connaître un peu, c'est que je me suis rendu compte que les lettres, reçues ou envoyées, ont pris pour moi une importance de plus en plus grande.

Lorsque croyant avoir écrit une nouvelle je l'ai donnée à lire à Paul Otchakovsky-Laurens pour qu'il me dise ce qu'il en pense, je n'imaginais pas qu'il me téléphonerait dès le lendemain pour me demander la suite. Il était persuadé que c'était le début d'un roman. J'avais été tellement surpris par sa demande que je m'obstinais à essayer de le convaincre que puisqu'elle avait un début et une fin, cette nouvelle ne pouvait pas être le début d'un roman. La suite allait lui donner raison : c'est par cette « nouvelle » que commence *Quoi de neuf sur la guerre ?*.

Le début de cette suite fut quatre lettres de trois pages chacune qui avaient toutes le même commencement : « Chère maman et cher papa », elles étaient signées Raphaël et elles racontaient ma première colonie de vacances. Il fallait seulement, pour les écrire, que je redevienne le garçon de treize ans que j'étais en 1945 et que je retrouve son langage. Ce fut ma toute première contrainte d'écriture puisque quarante années s'étaient écoulées.

Ces quatre lettres, je crois que mes parents auraient aimé les recevoir parce que je me souviens que ce que j'écrivais à l'époque dépassait à peine ce que pouvait contenir une carte postale et se résumait à quelque chose qui devait ressembler à je vais bien je mange bien et je vous embrasse.

Si je te parle de ces lettres – je te parlerai plus tard de leur contenu – c'est qu'après, de livre en livre, je n'ai pas cessé d'en écrire. À Beck, à toi, et maintenant cette autre encore à toi. Pourquoi ? Est-ce parce que tous ces destinataires, mes parents, Henri Beck, toi, n'étiez plus là pour me répondre ?

À ta place, à celle de Beck, de mes parents, d'autres ont répondu. Ce que ces lettres me disaient, me confiaient, il faut que je t'en dise quelques mots. C'est qu'à leur tour, leurs auteurs me parlaient de leurs morts. Pourtant, ce n'est pas seulement de celles-là que je veux te parler. Regarde celle de Léa Szerman qui commence par des « je dois vous dire » :

« Je dois vous dire que j'ai ouvert une librairie cet hiver.

Je dois vous le dire car elle se situe au 31 rue de la Butte-aux-Cailles.

Je dois aussi vous dire que cet endroit s'appelle "La librairie du désordre".

Je dois aussi vous dire que la profession de mon grand-père Haim était piqueur de tiges pour chaussures. »

Pour mémoire, je te remontre la photo de la boutique de mes parents située elle aussi rue de la Butte-aux-Cailles, au numéro 30 (soit un chiffre d'écart) où l'on me voit en 1937 en compagnie de ma mère, de mon père et de ma sœur, et sur laquelle on peut lire : Fabrication de tiges.

Et si Léa Szerman insiste sur le nom qu'elle a donné à sa librairie, c'est parce qu'elle a eu la surprise en ouvrant *Par instants, la vie n'est pas sûre* de découvrir en épigraphe cette phrase d'Aragon : « Ce livre ne ressemble à rien qu'à son propre désordre. »

Mais il y a plus.

Au deuxième étage de l'immeuble où se trouve cette librairie, a habité la famille Rotgold.

Ils étaient sept. Le père, Mordka, émigré de Pologne, est venu seul en France en 1930. Dès qu'il a trouvé du travail, il a fait venir sa femme Edzia, sa fille Laja âgée de deux ans et Szlama âgé de neuf mois. Laja est devenue Lucienne et Szlama, Salomon puis Serge. Les jumelles, Eva et Hélène, sont nées à Paris en 1932 puis Jeannot, en 1938. En 1937, Mordka qui exerçait le métier de brocanteur achètera une carriole et un cheval.

En 1939, Mordka est engagé volontaire, mais père de famille nombreuse il n'est pas appelé sous les drapeaux.

Le 14 mai 1941, comme des milliers d'autres Juifs étrangers, il est interné par les autorités françaises dans le camp de Beaune-la-Rolande. Et là, commence une longue correspondance entre Mordka et sa femme et ses enfants.

Dans une de ses lettres, Lucienne, l'aînée, écrit à son père que tous les soirs à 9 heures, tous ensemble, ils ont convenu de penser très fort à leur père.

Dans sa lettre du 4 novembre 1941, de Beaune-la-Rolande, Mordka écrit à sa femme et à ses enfants : « Tous les soirs à 9 heures, quel que soit l'endroit où je me trouve, je m'assois, je ferme les yeux, les cache derrière mes mains : je vous vois et vous entends me dire “bonsoir papa”. Alors je vous réponds en moi-même “bonsoir mes gosses”. Je vous embrasse et vous vois courir de la salle à manger vers la chambre à coucher en sautillant chacun à sa manière. Je vous vois aussi vous accrocher à moi et je vous dis : “Arrêtez, vous allez me tuer”. Et vous vous dispersez. Et je te dis : “Edzia, allons dormir.” J’ouvre les yeux, écarte mes mains et je me retrouve dans cette baraque. Certains chantent, d’autres jouent du violon, celui-ci joue aux cartes, l’autre aux échecs. Et moi je continue à tresser le fil qui me relie à vous. J’espère qu’ils ne le couperont pas. Mais non, ce fil est plus solide qu’une chaîne d’acier et ils ne pourront pas le casser jusqu’à ce que notre jour arrive. Et nous, nous serons les plus forts, et plus sains que jamais. »

Le 28 juin 1942 Mordka est parti de Beaune-la-Rolande pour Auschwitz par le convoi n° 5. Il y sera assassiné le 30 juillet de la même année.

Sur les 1 038 Juifs de ce convoi, il y aura 35 survivants.

Bien après la guerre, le locataire qui a succédé à la famille Rotgold dans le logement du 31 rue de la Butte-aux-Cailles, trébuche sur des tomettes disjointes. Il en soulève une et trouve dessous les lettres envoyées par Mordka de Beaume-la-Rolande ainsi que celles de ses enfants qu’il avait eu le temps de renvoyer avant son départ pour Auschwitz[1].

1. Toute cette correspondance a été publiée sous le titre *Chère Edzia, chers enfants…* aux éditions du CERCIL (Centre de recherche sur les camps d’internement du Loiret) en 2002 et présentée par Serge Rotgold. Les lettres de Mordka sont traduites du yiddish. Dans l’exemplaire que Serge m’a envoyé, il écrit : « À nous deux nous avons couvert toute la rue de la Butte-aux-Cailles. Merci d’avoir immortalisé l’épicerie Beck donc j’ai encore à la bouche le goût des cornichons tirés du tonneau. »

En lisant cette année *Vivre avec nos morts* de Delphine Horvilleur, livre sur lequel je reviendrai plus longuement, j'ai appris ceci que je recopie : « La tradition juive veut qu'on laisse toujours une petite fissure dans le mur, un pan de cloison non peint, ou un petit carrelage manquant dans un coin du sol. Il s'agit de laisser dans nos vies la trace de l'incomplétude, de savoir habiter un lieu où le manque a sa place. »

Les lettres de la famille Rotgold découvertes sous un carrelage défaillant disent aussi cela.

Je reviens aux lettres écrites en colonie de vacances annoncées plus haut et signées Raphaël. Ou plus exactement à leur contenu auquel d'ailleurs m'invite le livre de Delphine Horvilleur. Pour mieux les comprendre il faut savoir ou plutôt se souvenir car je t'en ai déjà parlé, que c'était une colonie de vacances dans laquelle se trouvaient de nombreux enfants dont les parents avaient été déportés.

« Je me suis fait plein de nouveaux camarades, écrit Raphaël, il y en a un surtout avec qui je m'entends bien et qui s'appelle Georges. Il a une manie, il fait des listes. Surtout des listes de films. » Dans la lettre suivante il écrit encore : « Aujourd'hui c'est jour de courrier [...] il est arrivé une drôle d'histoire et je ne sais pas bien comment la raconter. C'est Georges qui est à côté de moi et qui profite de l'heure du courrier pour refaire sa liste de films parce qu'il n'a pas à qui écrire, qui m'a dit qu'il faut toujours tout noter ou tout raconter pour s'en souvenir plus tard. » Et dans la dernière lettre avant le retour à Paris : « Louba, la directrice, a présenté quelqu'un qui a fait un grand discours et là on a appris que beaucoup d'enfants allaient rester au manoir après les vacances. Ce sont tous ceux dont les parents ne sont pas encore rentrés des camps. [...] Georges qui reste aussi, ira dormir au château. Je lui ai dit que c'était bien, que tous ceux qui restaient allaient se sentir en vacances. Mais il ne savait pas très bien. Peut-être que ses parents vont revenir bientôt. Je lui ai promis de lui écrire et de lui envoyer des programmes de cinéma pour sa liste. Si le jour de courrier est maintenu il aura à qui écrire maintenant. »

Lorsque *Quoi de neuf sur la guerre ?* a été publié, plusieurs lecteurs ont cru que le Georges de ces lettres était Georges Perec. Ils ont eu raison de le croire tout en ayant tort. Georges Perec n'a pas été dans ces colonies de vacances et je ne l'ai pas connu en 1945.

C'est en 1975, chez des amis communs, que j'ai fait sa connaissance. Au mois d'octobre. Georges Perec est mort le 3 mars 1982 : entre ces deux dates, à peine sept ans.

Le chagrin causé par l'absence de Perec m'a interdit de lui imaginer un avenir. Alors pour rester dans l'amitié, pour accompagner cette amitié, évoquant ces colonies de vacances qui ont tant compté pour moi, j'ai inventé un enfant qui aurait eu une enfance autre, différente, mais une enfance possible au milieu d'autres enfances presque semblables. Un enfant qui ne savait pas ce qu'il craignait ou désirait le plus : rester caché ou être découvert et qui ferait des listes. Un enfant dont je n'ai évidemment pas le souvenir, mais que j'aurais connu en 1945 dans une colonie de vacances et qui serait devenu mon meilleur ami.

Toi qui n'as cessé de dire qu'il y a probablement une centaine de façons de lire un livre, il y en a une à laquelle je ne m'attendais pas et que j'ai trouvée étrange. C'est toujours à propos de *Quoi de neuf sur la guerre ?*. Voici : la deuxième partie porte en titre : *Extraits du journal de Raphaël (1981-1982)*. Ce journal se termine par une lettre de l'Amicale des anciens des foyers de la Commission Centrale de l'Enfance concernant la rencontre annuelle. Il y a la date et le lieu de la rencontre. Et puis ceci :

Prix d'entrée : une photo de famille, surtout celle de vos enfants et de vos petits-enfants. Nous voudrions constituer un grand album sous la forme d'un tableau mural qui s'enrichirait au fur et à mesure de vos arrivées.

Pour l'Amicale des anciens :

Annette P., Émile J., Paulette C., René K., Rosette B., George P., Simon G., Simone M.

Ce que j'ai trouvé étrange, c'est qu'aucun des membres de l'Amicale ne s'est étonné, en lisant ce paragraphe, de trouver parmi les signataires de cette lettre, comme si sa présence était naturelle, un certain George P. Je me suis évidemment bien gardé de leur poser la question. Ce qui ne m'empêche pas de continuer de m'interroger sur cette absence d'étonnement.

Plus étrange encore, quelques mois après la publication de *Quoi de neuf sur la guerre ?*, j'ai entendu Simon G. interviewé à la radio. Interrogé sur le livre, il a dit qu'il se souvenait très bien du garçon qui en maison d'enfants établissait des listes de films. Thomas Bernhard avait raison de dire qu'il y a souvent plus de réel dans l'imaginaire que dans le réel.

Dans le paquet de lettres reçues, celle de Marcel Cohen fut une des toutes premières. C'est lui qui dans *Assassinat d'un garde* avait écrit : « Les photos sont des cimetières, mais les disparus parlent encore. » Marcel Cohen fut aussi de ceux qui m'entourèrent le 24 janvier 2021 dans l'émission de Vincent Josse. Sa lettre était accompagnée d'une photo qu'il m'a autorisé à reproduire ici et qui répondait à une note de *Par instants, la vie n'est pas sûre* : « Février 2020 : À l'initiative de l'Union des étudiants juifs de France, des affiches portant le nom, le prénom et l'âge des enfants juifs victimes de la barbarie nazie, furent collées au pied des immeubles parisiens où ces enfants avaient vécu. Quelques jours plus tard, beaucoup d'entre elles avaient été déchirées. »

La lettre de Marcel Cohen se termine ainsi : « Et puisque vous savez déjà presque tout de moi, comme je sais presque tout de vous, et depuis toujours, sans vraiment vous connaître, je joins une photo qui répond à votre note de la page 284. C'est l'affiche placardée sur l'immeuble que j'habitais, enfant, avec mes parents et ma petite sœur, 23 boulevard des Batignolles. Ma petite sœur avait six mois. Elle s'appelait Monique. Je ne sais pas très bien comment nous faisons pour vivre avec tout ça ! Mais comme vous le faites si bien sentir tout au long de votre livre, les disparus ont besoin de nous. C'est ce que je ressens aussi. Et comme vous le voyez sur la photo, il y a aussi cet anonyme qui, après avoir vu l'affiche déchirée, est revenu avec un rouleau de scotch pour la recoller. J'ai découvert l'affiche ainsi. Un, ou une inconnue, dans la rue, qu'on voudrait embrasser et qu'on ne rencontrera jamais ! »

Comme le veut la tradition, et pour laisser une trace de leur passage, les Juifs déposent une pierre sur les tombes des disparus. C'est ce que dit cette photo envoyée par Marcel Cohen : l'inconnu ou l'inconnue qui était passé sur ce boulevard, qui est revenu avec du scotch, l'a collé sur l'affiche déchirée comme on dépose un caillou sur une tombe.

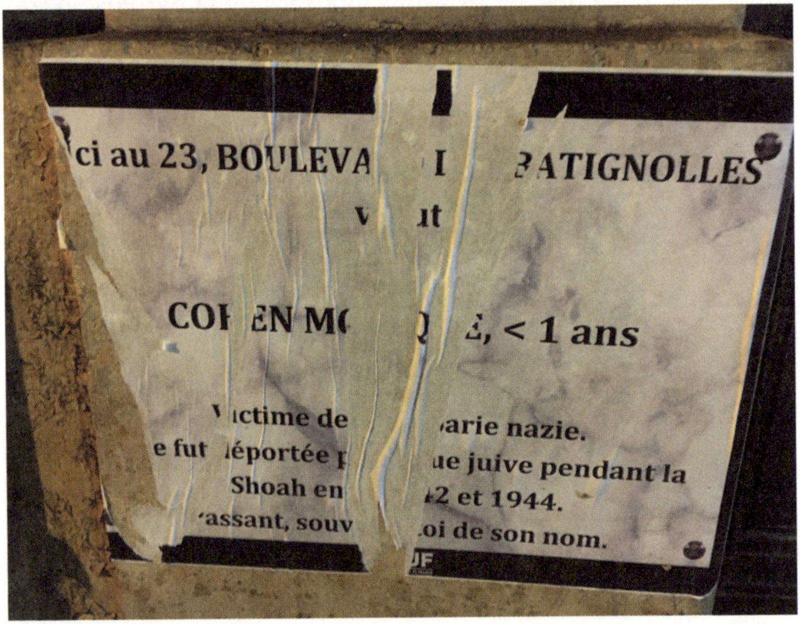

אויף עפּעס אַן אופֿן, בין איך אַ פֿרעמדער כּלפּי עפּעס פֿון מיר אַליין;
אויף עפּעס אַן אופֿן, בין איך "אַנדערש", אָבער נישט אַנדערש פֿון יענע,
אַנדערש פֿון "מײַנע אייגענע": איך רעד נישט דעם לשון וואָס די טאַטע
מאַמע האָבן גערעדט, איך האָב גאָרנישט קיין זכרונות בשותּפֿות מיט זיי,
וואָס זיי וואָלן געהאַט, עפּעס וואָס עס האָט באַלאַנגט צו זיי , וואָס האָט
באַשטימט זייען איך. זייער געשיכטע, זייער קולטור, זייער האָפֿענונג, דאָס
איז נישט איבערגעגעבן געוואָרן צו מיר.

Ces lignes que tu as devant toi sont écrites en yiddish. C’est une langue que je comprends mais que je ne sais ni lire ni écrire. Elles sont extraites d’un manuscrit qui accompagnait une des lettres reçues.

Il y a eu des lettres qui m’ont donné envie de rencontrer leurs auteurs. Assis à une terrasse de café, j’ai donc rencontré l’auteure de ce manuscrit. Elle s’appelle Michèle Ourevitch et m’a raconté son histoire.

Elle avait retrouvé, il y a une quinzaine d’années, un paquet de lettres écrites en yiddish. C’étaient des lettres que sa grand-mère avait écrites de Russie à son père arrivé en France dans les années 1930. Alors, comme si elle avait entendu ton conseil : « Lire les lettres de Flaubert est la meilleure façon de s'approcher de lui », pour se rapprocher de sa grand-mère qu'elle n'avait pas connue, il fallait, pour lire ses lettres, apprendre le yiddish non pas comme langue étrangère mais comme une langue qui allait ressusciter en elle. À la Maison de la culture yiddish, elle a appris l'alphabet, puis les mots, et petit à petit, l'une après l'autre, elle a réussi à déchiffrer les lettres de sa grand-mère. Puis, timidement sans doute, elle a lu les livres qu'il fallait lire, Cholem Aleikhem, Itzkhok Leibush Peretz, d'autres encore. Et puis un jour, je ne me souviens plus comment, elle est tombée sur *Récits d'Ellis Island.* Et parce qu'à aligner des pages d'écriture quelque chose s'était mis en marche, elle s'est dit, comme si c'était la justification de ses efforts, de son apprentissage, que ce texte devait être traduit en yiddish. Elle s'est dit je mettrai le temps qu'il faut, j'y mettrai l'énergie nécessaire, mais je traduirai ce texte de Georges Perec. Et le manuscrit qu'accompagnait la lettre que j'avais reçue, c'est la traduction en yiddish des *Récits d'Ellis Island.*

Je ne sais pas si cette traduction est une bonne traduction, je ne sais pas si ces mots sont au plus près de ceux qui furent d'abord écrits par Georges Perec. Je ne sais même pas si j'ai envie de le savoir. Parce que cette question est secondaire. Ce qui importe, c'est que cette traduction ait été faite, qu'elle ait une existence, qu'il lui a été donné un corps. Et parce que ce texte en yiddish a maintenant un corps, j'ai tenu à le montrer sur un grand écran à Bordeaux à l'occasion d'une table ronde consacrée à Perec. Et j'ai dit : les lignes que vous voyez sur l'écran c'est ce texte :

« Quelque part, je suis étranger par rapport à quelque
chose de moi-même ;
quelque part, je suis « différent », mais non pas
différent des autres, différent des « miens » : je
ne parle pas la langue que mes parents parlèrent,
je ne partage aucun des souvenirs qu'ils purent
avoir, quelque chose qui était à eux, qui faisait
qu'ils étaient eux, leur histoire, leur culture,
leur espoir, ne m'a pas été transmis. »

Et j'aurais aimé que Georges Perec sache que quelque part, une personne l'avait entendu dire « je ne parle pas la langue que mes parents parlèrent », et décidé que ces mots on puisse maintenant les lire dans la langue que parlaient ses parents.

Elen est morte hier dans la nuit du 22 au 23 décembre 2021 à l'hôpital Saint-Antoine.

C'est en juillet 1949, en colonie de vacances, que nous avons échangé notre premier baiser.

Il y a des souvenirs qui prennent leur temps, qui attendent qu'on s'y arrête, des souvenirs dont on parle avec plaisir, avec amour, avec tendresse, sans imaginer qu'un jour ce sont eux qui vont nous parler.

Nous nous retrouverons au soir
sur le rebord de la margelle
aux abords humides du puits
lorsque nous n'aurons plus d'espoir
d'aller plus avant dans la vie
Quand donc cette heure viendra-t-elle

Nous nous redirons nos efforts
Nos courses vers l'insaisissable
Que le roc le plus dur est plus mou que le sable
lorsqu'il faut nous y maintenir

Enfin qu'il fut bien dur de vivre
notre existence douloureuse
pour un peu de gaieté trompeuse
qui nous empêcha de mourir

Et là nous goûterons le soir
sur le rebord de la margelle
attendant que vienne la nuit
aux abords humides du puits.

Pierre Reverdy

On a viré la « grosse bouteille » du boulevard Richard-Lenoir. Le bistrot qui portait son nom aussi. J'ai souvent rêvé d'avoir une bonne occasion de la filmer. Je n'ai pas trouvé. Maintenant elle n'est plus là. Ça doit faire deux ans ou peut-être trois. Notre amie Francine auprès de qui je m'en étais montré attristé m'a réconforté : Robert Doisneau, son père, l'avait photographiée à plusieurs reprises. Elle m'a envoyé celle-là qui date de 1969.

La taille du monsieur qui accompagne son garçon donne une idée de celle de la grosse bouteille. Dans ce bistrot, accoudé au zinc, j'ai pris un café quelquefois. C'était aussi un hôtel meublé. Y habiter quelques jours, c'est une idée qui m'était passée par la tête. En particulier au moment de la foire à la ferraille qui se tenait sur le boulevard deux fois par an. En regardant par la fenêtre, j'aurais eu sous le nez la grosse bouteille couleur lie-de-vin. J'aurais écrit ou filmé.

J'ai laissé passer un temps sans écrire. Je marche de longues heures dans Paris, et comme tu vois, je vais dans ces rues où je sais d'avance ce que je vais retrouver. Je monte la rue Oberkampf encombrée de marchands d'habits. Je pousse jusqu'à la cité du Figuier qui s'est, elle aussi, et à tort, débarrassée de ses artisans. Ou bien je prends, une fois encore, le boulevard

Richard- Lenoir, m'arrêtant quelques instants pour regarder les joueurs de pétanque sur l'allée centrale. Un jardin qui s'en va jusqu'au boulevard Voltaire a pris la place de la grosse bouteille et l'immeuble du 70 a récupéré le numéro 68 demeuré vacant. Sur le mur pignon de l'immeuble de la rue Moufle qui domine le jardin et dont le rez-de-chaussée abrite une synagogue, il y a maintenant la photo de Doisneau. D'une taille estimable mais trop hautement perchée, qui la voit ? Les Parisiens, sauf pour vérifier le numéro d'un immeuble, ne lèvent guère la tête.

Nous sommes à la mi-janvier.

Face à ce jardin, sur l'autre trottoir et au pied de la grille qui borde le terre-plein central du boulevard, et juste sous une plaque, des couronnes de fleurs ont été déposées. La plaque dit : « À la mémoire du lieutenant de police Ahmed Merabet assassiné en ce lieu le 7 janvier 2015, victime du terrorisme ». Victime de ceux qui venaient d'assassiner onze personnes dans les locaux de *Charlie Hebdo*.

Sorti pour marcher et parvenu là, j'ai eu envie d'aller revoir un autre bistrot pas loin. Celui qui se trouve à l'angle de la rue des Tournelles et de la rue de la Bastille et où nous avions tourné un des entretiens du dernier numéro de *Lire c'est vivre* qui était consacré cette fois à un livre de Damon Runyon, *Le Complexe de Broadway*.

C'est Jean Echenoz qui ce jour-là avait été notre lecteur et c'est lui, je crois bien, qui avait choisi ce bistrot pour l'entretien.

Pourquoi un bistrot ? Ta présentation le disait d'emblée : « Si chacun de nos lecteurs a choisi d'être dans un bar ou dans un bistrot, c'est que Damon Runyon ne se trouvait bien, ne pouvait respirer vraiment, que chez Lindy à Broadway où l'on pouvait manger et boire à toute heure de la nuit. » Cette présentation, écrite de ta main, je l'ai retrouvée dans le dossier *Lire c'est vivre* en rentrant chez moi où la fatigue m'avait ramené. Ce bistrot qui s'appelait *L'embuscade* n'existe plus non plus. C'est devenu un hôtel, d'allure plutôt confortable. Dommage ! J'aurais aimé m'y asseoir un moment. Prendre le temps de dire ce qu'était ce lieu, parler de ceux qui étaient là, ce que Jean Echenoz nous avait dit, dire quelques mots aussi de Robert Giraud qui à notre surprise était passé là en voisin, et parler du patron de ce bistrot qui faisait le geste de retrousser ses manches à chaque coup de téléphone et qui semblait avoir l'âge de ses murs couverts de photographies illustrant des courses cyclistes des années 1950. Pour ce faire, si j'en ai encore le goût, il faudra que je me replonge dans ce dossier, que je le feuillette jusqu'à ce qu'il me redevienne familier. Déjà, il me dit que c'est le 15 janvier 1985 que nous avons filmé cet entretien. Ça fait donc, jour pour jour très exactement trente-sept ans. Peut-être que je le ferai. En attendant, je crois qu'il faut que je laisse tout ça de côté et lui donne le temps de revenir jusqu'à moi. Peut-être était-il trop tôt pour que je recommence à écrire.

Alors je marche. Je marche, je vois des expositions et je relis des livres que j'ai aimés. Si je précise que ce sont des livres que j'ai aimés, c'est en référence à ces lignes écrites par Georges Perec : « Je lis peu, mais je relis sans cesse, Flaubert et Jules Verne, Roussel et Kafka, Leiris et Queneau ; je relis les livres que j'aime et j'aime les livres que je relis, et chaque fois avec la même jouissance, que je relise vingt pages, trois chapitres ou le livre entier : celle d'une complicité, d'une connivence, ou plus encore, au-delà, celle d'une parenté enfin retrouvée. »

Ces lignes qui figurent en exergue dans le premier numéro de la série *Lire et relire* commencée en 1993, je n'en avais pas mesuré toute l'importance lorsqu'en 1975 je les avais lues dans *W ou le souvenir d'enfance*[1]. C'est que, la lecture étant arrivée tard dans ma vie, obsédé du coup par la somme de ce que je croyais devoir lire pour combler ce retard, la relecture était un luxe que je ne pouvais pas m'autoriser.

Heureusement, grâce aux séries *Lire c'est vivre*, *Lire et écrire*, *Un siècle d'écrivains*, je me suis un peu rattrapé. Aussi, est-ce avec un sourire que j'ai lu dans *Autobiographie d'un lecteur*, cette phrase que depuis je me plais à répéter :

« Relire est aussi naturel qu'aimer. Les personnes qui n'aiment pas relire les livres qu'elles ont aimés, me font penser à un fat qui dirait d'une femme : je l'ai déjà lue. »

Pensant aux derniers mots de la citation de Perec, dans le commentaire qui suivait, tu avais dit : « Perec écrivain, a toujours empoigné sa vie. »

---

1. Georges Perec, *W ou le souvenir d'enfance*, Denoël, 1975.

Nulle part[1] de Yasmina Reza est un des derniers livres que j'ai relus. C'est un livre d'à peine quatre-vingts pages que j'avais lu, je crois bien, dès sa publication. Les deux premières pages étaient soulignées, ce que j'avais oublié. Tout comme j'avais oublié, mais la lecture des premières lignes m'a rappelé pourquoi, qu'en marge du texte j'avais écrit : *Persona* de Bergman.

Avant que j'explique pourquoi, je veux citer ce que Florence Malraux disait de Bergman et que j'ai lu dans *À l'absente*[2], le livre de son amie Martine de Rabaudy : « Il est celui qui sait mieux qu'aucun faire parler le silence, filmer le visage et le regard. » Ce film (*Persona,* réalisé en 1966), Ingmar Bergman en avait dit : « Je sens aujourd'hui que dans *Persona* je suis arrivé aussi loin que je peux aller. »

Je vais en venir aux raisons du rapprochement que j'ai fait entre le livre de Yasmina Reza et *Persona*, mais il faut que j'en dise d'abord un peu plus sur ce que raconte le film de Bergman.

Deux femmes, l'une, interprétée par Liv Ullmann, personnage tombé dans un mutisme total, l'autre par Bibi Andersson, une jeune infirmière expansive et bavarde, vivent seules dans une maison au bord de la mer. Presque à la fin du film, il y a une longue séquence où ces deux femmes se font face et durant laquelle Bibi Andersson s'adresse très directement à Liv Ullmann qui écoute impassible, et c'est elle, exclusivement qui

1. Yasmina Reza, *Nulle part,* Albin Michel, 2005.

2. Martine de Rabaudy, *À l'absente,* Gallimard, 2019.

est filmée en gros plans. À la suite de quoi, la caméra se tourne vers Bibi Andersson qui, au mot près, redit très exactement ce qu'elle venait de dire. On le comprend aussitôt, ce texte, s'il était dit une seule fois au cours d'un classique champ-contrechamp au cours duquel on verrait alternativement celle qui parle et celle qui se tait, laisserait entrevoir un échange, une relation. Ce qui n'est pas le cas.

Bon. Il faut que j'y vienne enfin. Pourquoi avoir écrit le nom de Bergman dans mon exemplaire de *Nulle part*?

Là, si je veux m'en sortir et parce qu'en plus il y a plusieurs raisons pour que je m'y arrête, je suis contraint de reproduire ici les deux pages soulignées.

La petite fille marche en tirant son cartable. Dix fois, elle se retourne, dix fois, elle s'arrête ou ne s'arrête pas avec son cartable, son gros manteau de cosmonaute, pour faire un signe de la main, toujours souriant, toujours gaie, partant toute seule dans le petit matin pour l'école, toute seule tournant le coin de la rue, à demi cachée par les arbres, trouvant encore des feintes pour apercevoir sa mère à travers les grilles du jardin public et souriant gentiment et envoyant encore des baisers et disparaissant avec son cartable, son petit bonnet et son manteau. Et sa mère sur le balcon qui voit cette forme adorée et qui l'inonde de baisers soufflés avec sa main et qui fait de grands signes de gaieté dans sa robe de chambre fine, souriant et embrassant dans le froid, le cœur étreint de voir la petite s'éloigner comme elle s'éloignera dans le temps, comme elle ne voudra plus que je sois là, à la fenêtre à faire tous ces gestes, que je sois là, sa maman perchée et maladroite et gentille, boule joyeuse avec son cartable tiré.

*

Elle part pour le collège, elle tient au mot collège, quand je dis lycée, elle dit collège maman. Elle a des baskets, un blouson bleu clair et un bonnet blanc. Elle marche comment on marche à son âge, un peu sur les talons, un peu vite, son cartable est un sac à dos (je ne veux pas parler de sa lourdeur). Elle longe les grilles du jardin et je retourne au coin, en hiver je la vois plus longtemps parce qu'il n'y a pas de feuilles aux arbres. Elle fait un dernier signe avant d'être effacée par le mur d'immeuble. Et c'est un soulagement que tu disparaisses, car jamais sinon je ne quitterais la fenêtre, je serais toujours là, chose restante, à agiter ma main, jusqu'à ce que tu sois un point.

La raison pour laquelle j'avais souligné ces deux textes, et surtout annoté dans la marge le nom de Bergman c'est qu'ils racontent eux aussi deux fois le même moment. À cette différence près : chez Bergman, la caméra après avoir montré Liv Ullmann, se tourne vers Bibi Andersson. Alors que dans *Nulle part* on ne quitte jamais la petite fille partant le matin à l'école. On ne voit pas la maman. Une maman qui s'appelle Yasmina Reza.

Une lecture attentive de la première version dit pourquoi j'ai éprouvé le besoin de donner ce surcroît de précision. Alors qu'elle la commence à la troisième personne : « La petite fille marche en tirant son cartable… », quatre lignes avant la fin, Yasmina Reza écrit : « …elle ne voudra plus que je sois là, à la fenêtre à faire tous ces gestes, que je sois là, sa maman perchée… ». Le texte a glissé vers la première personne. Et je me suis demandé, tout à l'heure, en recopiant les deux versions, mais je ne me le demande plus parce que j'en suis sûr, ce sont ces dernières lignes qui ont amené Yasmina Reza à parler une fois encore de « cette forme adorée et qui l'inonde de baisers soufflés » et à écrire : « c'est un soulagement que tu disparaisses, car jamais sinon je ne quitterais la fenêtre, je serais toujours là, chose restante, à agiter ma main, jusqu'à ce que tu sois un point. » Là encore, Yasmina Reza ne raconte plus. Elle parle à sa fille comme pour effacer la distance qui la sépare de ce point qui disparaît.

Avant de replacer *Nulle part* dans ma bibliothèque, juste à côté de *Serge*[1] que j'avais lu peu de temps auparavant, j'ai souligné d'un trait supplémentaire les mots : « Je serais toujours là, chose restante. » Mots déjà annoncés par : « le cœur étreint de voir la petite s'éloigner comme elle s'éloignera dans le temps ».

Tu dois t'étonner Pierre. Pourquoi passer autant de temps sur ces deux pages de *Nulle part* ? Comme n'en pouvant m'en détacher.

À la page 52, Yasmina Reza a écrit ces trois lignes : « Où est l'enfance ? Des jours écoulés et vécus, il devrait de temps

1. Yasmina Reza, *Serge*, Flammarion, 2021.

en temps jaillir une image lumineuse, une fulgurante réminiscence. » Voilà : une fulgurante réminiscence.

Tu te souviens peut-être que dans *Par instants, la vie n'est pas sûre*, ma dernière lettre, je t'avais écrit que dès cette lettre terminée, je lirais *Quelque part dans l'inachevé*, un livre d'entretien entre Vladimir Jankélévitch et Béatrice Berlowitz. Ce livre, composé en chapitres, est devenu un de mes livres de chevet. Un de ses chapitres, appelé « Le vague à l'âme» , est consacré à la réminiscence dont Béatrice Berlowitz dit que c'est un mot que Vladimir Jankélévitch préférait à tout autre parce qu'il engage un rapport de l'homme au passé.

Ces moments où Yasmina Reza voit sa fille partir chaque matin pour le collège, ces moments qu'elle décrit deux fois, où chaque mot compte, ces moments je les ai traversés. Avec Joachim, l'aîné de mes petits-fils, pendant la grève qui s'est étendue de décembre 2019 à janvier 2020, et qui avait paralysé les transports en commun. Demeurant près du métro Jourdain, cette grève l'avait contraint d'aller à pied chaque matin jusqu'à son collège (il venait de rentrer en sixième) situé derrière le centre Pompidou. Aussi, demeurant à mi-chemin, je lui avais proposé de venir dormir à la maison la veille du jour où ses cours commençaient de très bonne heure. Il gagnerait ainsi une demi-heure de sommeil.

Et chaque vendredi matin, alors qu'il faisait encore nuit, je le voyais de ma fenêtre de la rue Amelot chargé d'un lourd cartable (il avait avec lui deux jours de livres scolaires), traverser la rue Oberkampf, longer les grilles du jardin Pasdeloup, dont puisque c'était l'hiver les arbres n'avaient pas de feuilles, passer de l'autre côté du boulevard des Filles-du-Calvaire avant de disparaître dans la rue du même nom.

Au-delà de la ressemblance de situation, il y avait celle de l'espace séparant l'endroit où les enfants (la fille de Yasmina Reza et Joachim) disparaissaient des fenêtres d'où nous les regardions. Au point de s'y méprendre. Et le temps qu'elle passait à voir sa fille disparaître, me renvoyait sans peine à celui que j'occupais lorsque Joachim aussi disparaissait dans la rue des Filles-du-Calvaire.

Il savait que je le regardais, pour m'avoir salué d'en bas la première fois. Après, probablement pour me rassurer il ne se retournait plus. Moi, j'attendais, sans trop y croire, la fenêtre ouverte, un signe de la main.

Et ça recommençait le vendredi suivant.

Ces moments où je le voyais disparaître, m'ont porté vers un passé plus lointain. Je me suis retrouvé dans la peau du garçon que j'étais à son âge. Il m'avait suffi, alors qu'il faisait encore nuit, de rester un moment à ma fenêtre, les mains posées sur la rambarde, pour faire émerger un vieux souvenir.

1942.

Les 16 et 17 juillet 1942, plus de quatre mille enfants juifs furent arrêtés et déportés. Les autres, recherchés, durent se cacher pour survivre. Mais pour apprendre à vivre caché, il a fallu apprendre à vivre séparés. Vivre séparés, car il n'était pas simple de cacher une famille entière. Des réseaux se sont alors constitués. Réseaux grâce auxquels les enfants trouvèrent refuge dans des familles d'accueil, dans des fermes, dans des institutions laïques ou religieuses, dans des pensions.

C'est dans une de ces pensions, située à Clamart, que ma sœur, mon aînée de trois ans, et moi, avions été cachés. Il y avait là, comme nous sous une fausse identité, quelques enfants juifs au milieu d'autres enfants qui étaient là pour diverses raisons. Bien que n'étant pas une institution religieuse, c'est un curé qui nous faisait la classe. Dans une classe unique, tous âges confondus, et c'est là que je suis devenu un élève moyen.

Certain que ma situation de pensionnaire était provisoire, sans l'avoir décidé, j'avais été amené à ne faire sur le plan scolaire aucun effort particulier. De plus, comme pour les dictées le curé choisissait des textes tirés du Nouveau Testament (j'ignorais à l'époque qu'il y en avait un autre et c'est sans doute en raison de cette ignorance que j'ai mis longtemps à me résoudre à lire la Bible) elles tenaient plus, me semble-t-il, du catéchisme que de l'apprentissage de l'orthographe. Et sentant que je n'avais rien en commun avec ce qui nous était dicté, j'étais, en ce qui me concerne, persuadé de leur inutilité.

En 1971, à l'occasion du tournage de l'émission *La Génération d'après*, j'ai voulu revoir cette pension. Mais ne me souvenant ni de son nom ni de son adresse, je ne l'ai pas retrouvée. Pourtant, entre la maison située derrière la place de Rungis où mes parents de leur côté étaient cachés, et la pension, ce trajet je l'avais fait souvent. Avec ma sœur d'abord, puis seul. Grande pour son âge (elle avait quatorze ans) mes parents craignant qu'au cours d'une rafle ou d'un contrôle d'identité elle se fasse arrêter, ils décidèrent de la garder avec eux. C'est seul donc, dès le début de l'année 1943, que je retournais en pension après avoir passé avec eux la journée du dimanche.

C'est de ces retours en pension Pierre, dont je veux te parler. De ce passé lointain auquel j'étais renvoyé en voyant Joachim disparaître au coin de la rue. Ces départs qui se trouvent ici rassemblés, associés, n'ont pourtant rien à voir avec ceux des années 1942 à 1944 qui étaient pleines de danger. Et je ne comprends pas pourquoi j'ai mis si longtemps, presque une vie entière, pour prendre conscience de ce que mes parents, ma mère surtout, ont pu éprouver à me voir partir à la tombée du soir.

Il a donc fallu attendre que je devienne grand-père pour me retrouver projeté dans le temps où je disais il est l'heure que je parte. Ma mère qui aurait tant aimé pouvoir me retenir, devait me voir partir. Et il me reste son image, m'embrassant, m'entourant de ses bras, à qui je disais à dimanche sans entendre le bruit que faisait son cœur.

Ce parcours du dimanche soir que je faisais je crois sans tristesse, simplement parce que je savais qu'il fallait le faire, je vais essayer de le décrire. De la place de Rungis, je prenais la rue Boussingault, puis la rue de la Glacière au bout de laquelle, arrivé sur le boulevard Auguste-Blanqui, je prenais le métro en direction de l'Étoile (ligne aujourd'hui appelée ligne numéro 6) et changeais à Montparnasse pour rejoindre la porte de Vanves où un autobus m'amenait à Clamart. (Curieusement, ces dernières années, en racontant une aventure qui m'était arrivée en 1943 et que je te raconterai plus loin, je disais régulièrement que je prenais la correspondance à la station Pasteur ce qui n'est pas possible puisque de là on ne peut pas rejoindre la porte de Vanves en métro.) C'est à partir de là, que commence ou plutôt se poursuit, une certaine amnésie. Alors que je garde un souvenir précis de la pension elle-même, je n'en garde absolument aucun de l'arrêt de bus où je devais descendre, ni de son numéro (je pense d'ailleurs que ça devait être une lettre) ni du trajet que je devais faire à pied pour retrouver la pension.

Je te l'ai dit, déjà en 1971, pour *La génération d'après*, je l'avais vainement cherchée.

Je vais poursuivre en reprenant le commentaire que j'avais alors écrit pour ce film :

« [...] ma mémoire ne laisse surgir le passé que par fragments [...]. En fait, l'endroit où se trouvait la pension m'indiffère un peu. C'est le souvenir d'un enfant que je recherche. Un petit garçon. Il devait avoir quatre ans, cinq ans peut-être. Il était le plus jeune d'entre nous et cela lui avait valu de supporter nos tracasseries à nous qui avions une dizaine d'années. Nous sur qui pourtant il accrochait toute sa force d'attachement. Sa seule défense il la résumait en une phrase : "Je le dirai à ma mère". C'est sa tante je crois qui l'avait placé là, car ses parents déjà avaient été déportés.

À sa mère, il n'a plus jamais fait part de sa peine et de sa colère. »

Quand dans *Par instants, la vie n'est pas sûre* je disais que les souvenirs attendaient qu'on prenne le temps de s'y arrêter, qu'ils devaient tout savoir de nos regrets, de nos remords, c'est à ce petit garçon dont je ne sais plus le nom que je pensais. C'est aussi cela que le temps a déposé en moi et que j'essaye de traduire.

L'aventure dont je t'ai annoncé plus haut le récit m'est arrivée à la station Montparnasse au moment où j'allais emprunter le couloir qui me conduisait vers la ligne dont le terminus était la porte de Vanves.

Un homme, plutôt jeune, s'est approché de moi pour me demander si je pouvais lui rendre un petit service. Lorsque je lui ai demandé lequel, il m'a dit qu'au bout du couloir il y avait un barrage de policiers qui contrôlaient les papiers et qui ouvraient les sacs des voyageurs. J'ai un petit paquet avec moi, m'avait-il dit, et je ne veux pas qu'on le fouille et qu'on prenne ce qu'il y a dedans parce que c'est quelque chose à quoi je tiens beaucoup. Mais on ne fouille pas les enfants, on les laisse passer, on ne leur demande rien. Est-ce que tu veux bien porter ce paquet pour moi ? Comme j'ai dit que j'étais d'accord, il m'a dit merci et m'a remis un paquet qui avait à peu près le format d'une boîte à chaussures enveloppée dans du papier kraft et maintenue par une ficelle. Le mieux, m'avait-il encore dit, c'est que je parte devant, je passe en montrant mes papiers et on se retrouve au bout du couloir. J'ai encore dit d'accord et ça s'est passé comme il avait dit. De loin j'ai vu que l'homme a montré ses papiers à ceux qui les demandaient et qui étaient presque tous en civil et il est passé. J'ai attendu un peu avant de passer à mon tour. Je ne sais pas à quoi j'avais pensé. Peut-être ai-je pensé qu'on allait me demander si j'avais bien mon ticket de métro. Est-ce que j'avais eu peur? Je ne crois pas puisqu'il m'avait dit qu'on ne demandait rien aux enfants. Je crois que je me suis dit qu'il fallait que je marche ni trop vite ni trop lentement. C'est ce que j'ai fait je crois, sinon je me serais souvenu à quoi j'avais pensé. J'ai retrouvé l'homme au bout du couloir, je lui ai rendu son paquet, il m'a encore remercié et on s'est séparés.

Je l'ai revu sur le quai du métro. Instinctivement je ne suis pas monté dans le même wagon que lui. Il a dû descendre dans une des stations suivantes parce qu'au terminus de la porte de Vanves je ne l'ai pas revu.

Cette histoire, j'y ai beaucoup pensé toute la semaine et n'en ai parlé à personne. Pas à mes parents non plus le dimanche suivant pour ne pas les inquiéter et qu'ils redoutent que je pense que je venais d'accomplir un acte exemplaire.

Si je te dis ça, c'est que concernant mes parents, j'avais compris qu'ils étaient liés à un réseau de résistance. Je savais que ma mère s'était chargée, chaque mois, de changer pour quelques membres de ce réseau leur carte d'alimentation grâce à une amie qui travaillait dans ce service à la mairie du XIIIe arrondissement. De plus, mes parents hébergeaient une jeune femme, Adèle qui était – je l'ai appris à la Libération – l'épouse de Mounié Nadler, un poète de langue yiddish, qui après avoir grandi en Galicie au sein d'une famille pratiquante, une fois venu en France au début des années 1930, est devenu un des rédacteurs du journal juif communiste *La Presse nouvelle*. Sous l'occupation, arrêté par la police pour faits de résistance, il a été exécuté le 10 août 1942[1].

Cette aventure qui est intimement liée à mes retours à la pension, je m'y suis souvent arrêté. Ma première conviction, et ce dont j'étais particulièrement fier, c'est que ce paquet dont j'avais été quelques instants le porteur, contenait très certainement une arme ou une grenade. Peut-être deux. Plus tard m'est brusquement apparue une idée qui est venue assombrir ce que jusque là je percevais comme un acte qui avait servi la Résistance. Comme il était de plus en plus question dans les conversations de ce qu'on appelait le marché noir, j'ai pensé, tout en essayant de chasser cette idée, que ce paquet contenait peut-être un jambon. Ce qui était éminemment moins glorieux. Je fus longtemps partagé entre ces deux possibilités. Ce n'est que bien plus tard, devenu adulte, face à cette histoire qui ne me quittait pas, que je me suis dit que celui qui m'avait donné ce

1. Voir l'ouvrage de David Diamant *Héros juifs de la résistance française*, Éditions Renouveau, 1962.

paquet à porter le temps de passer un barrage de policiers, était un véritable salaud.

Si ce paquet contenait quelque chose de vraiment compromettant – ce que je crois maintenant – que se serait-il passé si ces policiers avaient ouvert le paquet ? Il y aurait eu des questions : comment tu t'appelles ? D'où tu viens ? Où tu vas ? Quelle est ton adresse ? Où sont tes parents ? Je suppose que j'aurais répondu que ce paquet n'était pas à moi. Que c'est un bonhomme rencontré dans le métro qui me l'avait donné à porter. Que je ne savais pas ce qu'il y avait dedans. Peut-être aurais-je voulu jouer les héros. Ou me mettre à pleurer. Pour rassurer l'enfant que j'étais, je me dis aujourd'hui que j'aurais dit ne plus avoir de parents. Que c'était parce que j'étais orphelin que je vivais dans une pension. Mais quelles qu'auraient été mes réponses, aucune n'aurait été satisfaisante et on ne m'aurait pas laissé partir. Oui, ce bonhomme, qui pour ne pas prendre de risques avait choisi de les faire prendre à un enfant, était un véritable salaud.

Cette histoire, il m'est arrivé deux fois de la raconter à une classe de CM2. Mais à chaque fois je l'ai arrêtée au moment où j'avais rendu à l'homme son paquet. Je m'en suis tenu à l'acte de « résistance ». Je ne voyais pas comment j'aurais pu expliquer à des enfants de dix ans qu'on peut être à la fois un résistant et un salaud. Et à vrai dire, je pense aussi que je n'avais pas le désir de le faire.

J'ai laissé passer quelques jours pendant lesquels j'ai relu *La Petite Lumière* d'Antonio Moresco. Je savais que je le relirais. Je le savais depuis qu'en rappelant ma recherche de la pension de Clamart j'avais écrit : « C'est le souvenir d'un enfant que je recherche. »

La Petite Lumière, depuis que je l'ai lu, est un livre dont je ne me suis jamais senti séparé.

C'est Daniel Pennac qui, il y a quelques années, disant à peine de quoi il était question, m'en avait parlé. Mais cela avait été suffisant pour que je l'achète et le lise aussitôt.

C'est un livre seul. Un livre dont on ne peut s'approcher et en suivre le cheminement qu'avec discrétion et dont on ne peut plus s'éloigner. Devant lequel on ne peut pas se dérober, et dont je ne peux pas imaginer qu'on puisse le lire à voix haute. Un livre que pourtant je vais essayer de te raconter.

« Je suis venu ici pour disparaître, dans ce hameau abandonné et désert dont je suis le seul habitant. » Ainsi commence *La Petite Lumière*.

Dans une lettre à son éditeur, Antonio Moresco dit que cette histoire, s'il crevait au lendemain de l'avoir écrite, elle serait son testament. Non pas parce qu'elle serait plus significative et plus importante que ses autres livres, mais à cause de sa nature intime, particulière et secrète.

Dans ce hameau où, précise le narrateur, il n'y a pas un signe de vie humaine, où les maisons de pierre sèche, aux volets déglingués, sont inhabitées, où les plantes sauvages poussent entre les gravats, au bout d'une ruelle où il lui arrive de croiser un renard ou un blaireau, il y a sa maison.

Le soir, assis devant la porte de sa maison, lorsque apparaissent les premières étoiles, il regarde, face à lui, sur l'autre versant du vallon, derrière la ligne de crête opposée à la sienne, tout un monde végétal. Et c'est là, à travers ce sous-bois, que chaque nuit, toujours à la même heure, une petite lumière s'allume soudain. Et chaque nuit, le narrateur se demande ce que peut bien être cette petite lumière.

« Il faut que j'aille là-bas, se dit-il un jour, il doit bien y avoir une route, un chemin pour arriver là-haut ! » Et c'est ce qu'il fait.

Après un long chemin où les ronces s'avancent de tous côtés, dans l'épaisseur de la végétation, il découvre là, devant lui une petite maison en pierres dont la porte est ouverte. Et à l'intérieur, se trouve un enfant, un petit garçon en culottes courtes et la tête rasée faisant une lessive.

« Mais qui tu es toi ? Qu'est-ce que tu fais ? La lessive ?

– Oui.

– Pourquoi tu fais la lessive ?

– J'ai fait pipi au lit.

– Mais c'est toi qui laves ?

– Oui.

– C'est pas ta maman qui lave ?

– Maman, elle est pas là.

– Et ton papa ?

– Il est pas là non plus.

– Tu vis tout seul au milieu de la forêt ? C'est toi qui gardes la lumière allumée toute la nuit ?

– Oui.

– Et pourquoi ?

– J'ai peur du noir. »

Au bout de quelques jours, l'homme retourne voir cet enfant. Debout, monté sur une caissette retournée pour pouvoir atteindre le robinet de l'évier, l'enfant fait la vaisselle. Après l'avoir soigneusement rangée, il s'est mis à fouiller de ses deux mains dans un cartable. Il en a sorti des cahiers, deux stylos, un crayon, deux gommes. Il a mis le tout sur la table, il s'est assis devant. Il a ouvert un cahier.

« Qu'est-ce que tu fais ?

– Je fais mes devoirs », a répondu l'enfant.

Je garde le souvenir très net de ma première lecture de ce moment. D'une main qui tremblait un peu, j'avais sorti de ma bibliothèque *W ou le souvenir d'enfance* de Georges Perec, et retrouvé, déjà indiqué d'un marque-page le paragraphe auquel je venais d'être renvoyé.

« Moi, j'aurais aimé aider ma mère à débarrasser la table de la cuisine après le dîner. Sur la table, il y aurait eu une toile cirée à petits carreaux bleus ; au-dessus de la table, il y aurait eu une suspension avec un abat-jour presque en forme d'assiette, en porcelaine blanche ou en tôle émaillée, et un système de poulies avec un contrepoids en forme de poire. Puis je serais allé chercher mon cartable, j'aurais sorti mon livre, mes cahiers et mon plumier de bois, je les aurais posés sur la table et j'aurais fait mes devoirs. C'est comme ça que ça se passait dans mes livres de classe. »

Maintenant, je vais poursuivre encore un peu avec *La Petite Lumière*, mais je n'irai pas beaucoup plus loin dans cette histoire Pierre, parce que c'est de ce petit garçon que je veux te parler plutôt que de l'homme qui l'écrit à la première personne, cet homme dont on ne sait rien sinon qu'il veut disparaître.

Un soir, le regardant faire ses devoirs, il lui demande dans quelle école il va.

« À l'école du soir, répond l'enfant.

– Il y a une école du soir ?

– Oui. En bas du village.

– Et tu fais la route à pied, tout seul ?

– Forcément !

– Et la lumière ?

– Je l'allume dès que je rentre de l'école du soir. »

Une autre fois, après un moment de silence, à l'enfant qui ne se souvient pas comment il s'appelle, il a dit doucement qu'il n'y avait au village école que dans la journée.

« C'est celle pour les autres enfants, a répondu le petit garçon.

– Les autres enfants ? Quels enfants ?

– Les enfants vivants. »

Une autre fois encore, après un dîner de spaghetti pris ensemble et préparé par l'enfant : comment tu es mort ? a demandé l'homme.

« Je me suis tué.

– Pourquoi ?

– On m'a fait du mal. »

Un soir, voyant l'enfant près de pleurer, l'homme apprendra qu'à l'école le maître lui met toujours des mauvaises notes et que ses camarades se moquent de lui.

Cet enfant qui ne connaît pas son nom, qui n'avait même plus la mort comme perspective puisque c'était fait, a aussi appris que sa mort ressemblait à sa vie.

Cet enfant qui fait tout ce que l'on doit faire dans une maison dans laquelle on vit

Où il faut faire la cuisine si l'on veut se nourrir

Où il faut se couvrir lorsqu'il fait froid

Où il faut faire la vaisselle, ranger les couverts, repasser le linge et laver par terre

Et laver les draps lorsqu'on fait pipi au lit.

Cet enfant qui n'avait que la solitude pour défense, qui ne demandait rien, si le narrateur le reconnaît, c'est qu'il était prêt à sortir de sa propre vie puisqu'il était venu pour disparaître et qu'il ne restait que lui pour l'aimer.

« Monsieur quels sont ces cris
quelque part on dirait
on dirait que l'on rit
on dirait que l'on pleure
on dirait que l'on souffre ? »

Ces vers de Jean Tardieu, tirés de *Monsieur, monsieur*[1], tu les connais puisque je vous ai filmés lui et toi, assis face à face disant ce poème.

Si je recopie ce moment, c'est que je viens de relire cette lettre depuis le début et c'est vrai qu'on dirait que l'on pleure et qu'on dirait que l'on souffre. Et si on dirait que l'on rit, c'est grâce à Harpo Marx, à sa présence dans les premières pages. Alors invitons-le encore un instant. Ne serait-ce que pour le

1. Jean Tardieu, *Monsieur monsieur*, Gallimard, 1951.

voir s'étonner que tu lises autre chose que *Madame Bovary*, ce livre que tu pourrais relire les yeux fermés. À moins que son étonnement ne vienne de ce qu'il se demande à qui peut bien appartenir la troisième main qui soutient le livre.

Comme tu as pu le voir, avant d'appeler Harpo à mon secours, espérant retrouver le plaisir d'écrire, j'ai beaucoup marché et vu des expositions.

À défaut du plaisir, tu l'as vu aussi, le désir est encore là. Et, sans pour autant écrire sur tout ce qui m'arrive, j'ai encore des choses à te raconter.

Lorsque je t'ai parlé des lettres reçues, je t'avais annoncé que je reviendrais plus longuement sur *Vivre avec nos morts* de Delphine Horvilleur. Je viens de le relire, et parmi les phrases que j'avais soulignées, il y a celle-ci sur laquelle je vais encore m'arrêter : « [...] après notre mort, il y a ce que nous ne savons pas. Il y a ce qui ne nous a pas encore été révélé, ce que d'autres en feront, en diront et raconteront mieux que nous, parce que nous avons été. »

Si je me suis arrêté sur cette phrase, c'est qu'il s'est passé à la Butte-aux-Cailles, le 25 janvier 2022 quelque chose qui, mais presque à la lettre, m'y a renvoyé. Et comme tu as lu *Berg et Beck*, tu comprendras pourquoi j'en fais d'abord le récit à Henri Beck.

Cher Henri,

J'ai quelque chose à te raconter. Quelque chose qui s'est passé devant chez toi, devant le 7 rue de la Butte-aux-Cailles, quelque chose que dans mes dernières lettres il m'avait été difficile d'imaginer.

Bien que datées de 1952 et évoquant les mois de juin et juillet 1942, c'est en 1999 que j'avais écrit ces lettres. Mais ces dates ne signifient plus grand-chose pour toi, puisque le temps, là où tu es, a cessé de passer.

J'avais écrit : « Je continuerai à t'écrire puisqu'il paraît que tu n'as de vie que parce que je suis encore vivant. » Et une autre fois : « De toute façon, il faut que je continue de t'écrire et ce n'est pas parce que tu ne répondras pas que l'Histoire va devoir se passer de toi. »

Je me suis trompé. Parce que, précisément l'Histoire ne s'est pas passée de toi.

À la Butte-aux-Cailles, que nous avons parcourue ensemble pendant quelques années, tu y es arrivé en 1934, moi en 1936, et c'est très probablement à l'école maternelle de la rue Vandrezanne que nous nous sommes connus. Et c'est toujours ensemble, au cours préparatoire de l'école de la rue du Moulin-des-Prés, que nous avons appris à lire et à écrire. Tes parents, venus de Pologne où tu es né en mars 1931, et les miens, également venus de Pologne en passant par Berlin où je suis né, ne parlant pas le français, ne pouvaient pas, en ce qui concerne notre scolarité, nous être d'un grand secours. Et je suppose que c'est parce qu'il nous a bien fallu nous débrouiller seuls, mais cependant encouragés par eux, que nous nous sommes retrouvés parmi les premiers de la classe.

C'est en voisins, parlant le yiddish, que mes parents se fournissaient chez les tiens en produits d'épicerie, qui eux, venaient chez mon père pour faire ressemeler leurs chaussures.

Ces renseignements (je veux parler de ceux qui te concernent), m'ont été donnés par une personne qui habite ton immeuble depuis 1983. En fait, ce n'est plus exactement ton immeuble puisque, y compris l'épicerie de tes parents, il a été détruit en 1967 pour faire la place à un immeuble de cinq étages. Cette personne (il s'appelle Michel Horn, et il faut retenir son nom) a découvert fin janvier 2020, collée au mur de cet immeuble, une affichette par laquelle il apprenait que toi, Henri Beck, âgé de onze ans, et ton frère Samuel qui avait quelques années de plus que toi, avaient habité là avant d'être arrêtés et déportés à Auschwitz. C'est cette même affiche qu'un ami, Marcel Cohen, avait découverte au 23 boulevard des Batignolles portant le nom de sa petite sœur âgée de six mois.

Cherchant à en savoir plus, s'adressant au Mémorial de la Shoah, consultant le ministère de la Défense et la préfecture de Paris, la division des archives des victimes des conflits contemporains, Michel Horn a alors appris que sept personnes, toutes juives, domiciliées à cette adresse, avaient été arrêtées, déportées et exterminées à Auschwitz.

Moi, de mon côté, en consultant au moment de sa parution le *Mémorial de la déportation des Juifs de France* établi par Serge Klarsfeld, j'avais appris que Jankiel, ton père, Rochma, ta mère, tes frères Félix et Samuel et toi, étiez partis par le convoi numéro 19 en date du 14 août 1942. Le *Mémorial* précise que toutes les femmes et tous les enfants de ce convoi furent gazés dès leur arrivée. Wolf, ton frère aîné, arrêté le 14 mai 1941 au cours de la rafle dite du « Billet vert », avait déjà été déporté le 17 juillet 1942 par le convoi numéro 6.

Entre-temps, Michel Horn qui venait de lire *Berg et Beck*, m'avait contacté. Il avait appris ce que les archives ne disaient pas.

« Berg et Beck, vous restez en classe, les autres vous allez en récréation. »

C'était la première phrase du livre, et c'est ce que nous avait dit notre maître d'école après la première heure de cours. C'était le lundi 8 juin 1942, le jour où nous étions arrivés en classe avec une étoile jaune cousue sur le côté gauche de notre veste.

Michel Horn avait également appris que ce jour-là, pour te récompenser d'être toujours premier, le maître t'avait offert l'exemplaire des *Aventures de Tom Sawyer* dont il nous avait commencé la lecture. Il avait aussi appris que sur le trottoir, tout près de la porte de l'épicerie, se trouvait un gros tonneau de cornichons aigres-doux sur lequel il t'arrivait de faire tes devoirs. Et encore que nous étions passionnés par les courses cyclistes qui se tenaient au Vel'd'Hiv (j'ose à peine écrire ce nom). Comme au moment où j'écrivais *Berg et Beck* j'avais encore en mémoire les noms des coureurs, je les avais rappelés. Ces noms, je vais les rappeler encore une fois, juste pour le plaisir de nous retrouver tous les deux ensemble : Derksen, Van Vliet, Scherens, Gérardin, Senfftleben, Gosselin, Degelas, Noblet, Claisy. Et c'est en lisant *Berg et Beck* que Michel Horn a su que je t'avais écrit toutes ces lettres.

« Gardons-nous notre amitié » avais-je écrit à la fin de la première. Nous sommes en 2022 et tu es toujours mon ami, même si ces lettres je ne les avais pas signées Robert, mais Joseph, parce que *Berg et Beck* est un roman.

Je conserve très rarement les copies des lettres que j'écris, mais puisque celles-ci sont imprimées, il me suffit de tourner les pages de ce roman pour les relire. Ainsi, dès la deuxième lettre, je te disais que ces lettres étaient faites pour être écrites. Seulement pour être écrites et pour garder intacts nos onze ans puisque c'est l'âge que tu as gardé, toi.

Ce qui est curieux, à relire ces lettres, c'est comme si je venais de te les écrire. Ça va pourtant faire bientôt vingt-cinq ans. En te disant que je t'écrivais pour me persuader que d'une certaine manière tu étais encore présent, je sais maintenant que je ne me trompais pas.

À la Butte-aux-Cailles, j'y reviens assez souvent. Comme si le nom de cette rue me disait de revenir. « Souvenir des lieux qui me lient à toi », t'avais-je écrit. Et puis ceci, que je pourrais sans changer un mot, écrire encore aujourd'hui : « On nous disait : "Va jouer dans ta rue !" », et nous : "La rue est à tout le monde !" Mais la rue n'était pas pour tout le monde. Étrangers ailleurs et étrangers ici.

Oui, nous étions étrangers mais nous étions de cette rue. Cette rue où je reste un instant encore à essayer de retrouver, dans la douceur de ce début d'avril, quelque chose de familier, de fraternel… »

Un jour, certainement où ça n'allait pas très bien, j'avais écrit : « Puisque j'écris et demeure avec ces lettres que personne ne lira jamais, écrire à Henri Beck, n'est-ce pas en définitive écrire à moi-même ? »

Il est temps que je te dise ce qui s'est passé ce 25 janvier 2022 à la Butte-aux-Cailles.

Ce qui s'est passé ce jour-là, c'est qu'à l'initiative de Michel Horn, une plaque commémorative portant les noms des sept personnes qui avaient habité là avant d'être déportées, a été posée sur le mur à l'endroit même où se trouvait l'épicerie de tes parents.

On imagine la ténacité, la générosité dont a fait preuve Michel Horn, les multiples démarches qu'il lui a fallu faire pour qu'aboutisse ce projet. Reconstituer l'histoire de ta famille, établir un dossier solide, convaincre les habitants de l'immeuble – et je crois que ça n'a pas été simple. Laurence Patrice, adjointe à la mairie de Paris, qui par chance avait lu *Berg et Berck*, a décidé d'apporter un soutien actif au projet. La mairie de Paris a donc pris en charge la réalisation de la plaque en l'inscrivant au patrimoine de la ville, en rendant un hommage public et en organisant une cérémonie.

Ce qui fut fait et tout s'est déroulé comme annoncé dans le programme.

Les discours officiels et amicaux ont été ce qu'ils devaient être et c'était bien ainsi.

Mais un programme ne dit pas tout. Je ne vais pas tout te raconter, mais tous ceux qui étaient là sont venus pour toi. Plus de cent cinquante personnes disait-on autour de moi. Des amis et beaucoup d'inconnus qui ne savaient rien de ton histoire. Curieux d'abord, mais attentifs, respectueux. Ils étaient venus pour apprendre, pour savoir ce qui avait été commis là ce 16 juillet 1942. Et à l'écoute de ce qui fut dit, comme pour défier l'oubli, le quartier rassemblé devant chez toi a changé le visage de la rue.

Et puis il y a eu le *Chant des marais* que les élèves de la chorale du collège Moulin-des-Prés ont chanté comme s'ils te tenaient la main. Ce chant qui avait été composé en 1933 au camp de concentration de Börgermoor et que j'avais appris à la Libération, je le murmurais en regardant ces enfants comme pour aller à la rencontre de leurs voix.

Et la plaque sur laquelle figuraient vos noms, qui va maintenir vivante votre mémoire, a été dévoilée. Et l'un après l'autre, dits à voix haute, ils ont été entendus[1]. La cérémonie a duré deux heures. Après, au sol, juste sous la plaque, reposaient des gerbes de fleurs qui, en attendant d'être fanées, témoigneraient de ce qui, ce matin du 25 janvier 2022 avait eu lieu devant ce qui était le 7 rue de la Butte-aux-Cailles.

Quand les voix se seront tues « parce qu'il y a quand même dans la rue des gens qui passent », lorsqu'ils passeront à l'endroit où, pour arriver ensemble à l'école, tu m'avais attendu le matin du 8 juin 1942, et qu'ils porteront leur regard sur la plaque fixée au mur, ce mur qui dira « que vous avez été », ils pourront lire vos noms.

Et les enfants, les petits qui vont à l'école de la rue Vandrezanne, les plus grands au collège Moulin-des-Prés, quel sera leur regard ? Peut-être sera-t-il, pour certains, quelque chose de cette personne inconnue qui avec un rouleau de scotch avait recollé l'affiche portant le nom de la petite sœur de Marcel Cohen.

Et je veux te dire aussi que c'était une journée pleine de soleil.

Robert

1. Dans les établissements scolaires, sur la plaque située à l'intérieur du collège Moulin-des-Prés, il y a cette précision : avec la complicité active du régime de Vichy.

Je vais poursuivre avec toi Pierre le récit de cette matinée. Ou plutôt d'un moment particulier de cette matinée dont je ne vois pas, à cause de l'effet produit, comment j'aurais pu le raconter à Beck.

Je me souvenais, lorsqu'il m'arrivait de pénétrer dans l'épicerie de ses parents, d'y voir parfois, dans les bras d'une jeune femme, un bébé d'à peu près deux ans et j'en avais dit quelques mots à Michel Horn. Consultant ses fiches, il m'a confirmé qu'en effet, les parents Beck avaient une fille, Maryem, qui mariée à Mordochay Woda a accouché en 1940 d'un petit garçon, Samuel Jacky. Ses fiches lui apprirent aussi que le 10 juillet 1942, Maryem, accompagnée de son fils avait franchi la ligne de démarcation afin de retrouver son mari à Marseille. Je ne sais plus comment, mais il a fini par retrouver Jacques (Jacky) Woda, petit-fils de Jankiel et Rochma et neveu d'Henri Beck. Et c'est Jacques Woda aujourd'hui âgé de quatre-vingt-un ans, que Michel Horn m'a présenté le jour du dévoilement de la plaque.

Dès que nous avons été présentés l'un à l'autre, Jacques Woda, qui entre-temps avait appris que j'avais été un ami d'enfance de son oncle, m'a dit j'ai quelque chose pour vous et il m'a donné cette photo.

J'ai pris cette photo qu'il me tendait. Je suis resté debout un moment à la regarder. J'avais sous les yeux le visage d'Henri Beck que depuis quatre-vingts ans je n'avais pas revu. J'avais écrit : « Beck n'a plus qu'un nom. »

Alors, avec cette photographie ramenée du passé et que je tenais dans mes mains que je ne parvenais pas à empêcher de trembler, je pouvais dire qu'Henri Beck avait retrouvé son visage.

Je crois avoir dit merci à Jacques Woda. Oui, quelque chose d'aussi simple que merci. Je ne sais pas ce que j'aurais éprouvé si j'avais trouvé une photo de Beck dans un dossier ou je ne sais où, mais qu'elle me soit donnée là, dans cette rue, juste devant chez lui comme si nous avions pris rendez-vous, habillé « en dimanche », en costume et cravate, je crois l'avoir compris spontanément, Henri Beck n'est plus un visage absent perdu dans mes souvenirs.

Comme tu l'as devant les yeux, cette photo, je ne vais pas la décrire. Mais une fois rentré chez moi, j'ai eu la curiosité de la comparer avec une photo sur laquelle je suis également porteur d'un pantalon de golf de la même coupe.

À les regarder, l'une à côté de l'autre, elles semblent avoir été prises la même année, bien que d'apparence je fais un peu plus jeune. Mais comme j'avais huit mois de moins que lui, huit mois de différence, à cet âge, c'est souvent visible. Cette photo, prise place Paul-Verlaine où je suis en compagnie de ma sœur, je la regarde toujours avec plaisir. Elle est encadrée, posée sur un buffet, comme je suppose devait être le destin de la photo de Beck. D'autant plus que photographié sur fond neutre, légèrement appuyé sur le bras d'un fauteuil des années 1940, les chaussures brillantes, Henri Beck sur la photo n'était pas fait pour être oublié au fond d'un tiroir.

Cette photo – je parle de la mienne – que je regarde les années passant, avec tendresse, m'a pourtant, à cause de ce pantalon, laissé un mauvais souvenir. L'ayant porté un dimanche, probablement à l'occasion d'une visite à des amis de mes parents, c'est avec ce pantalon que je suis arrivé le lundi matin à l'école. Les moqueries n'ont pas manqué. Le terme étant désuet, je dirai plus volontiers que mes copains d'école se sont carrément foutus de ma gueule : « Il a un froc à chier dedans ! Il a un froc à chier dedans ! » Il faut se souvenir que dans ces années-là, en particulier dans les arrondissements populaires comme le treizième, au moins jusqu'à leur adolescence (les photos de Doisneau font plus que le confirmer), les garçons n'avaient jamais, même en hiver, les mollets couverts par un pantalon long. Comme fort heureusement je ne déjeunais pas à la cantine, c'est en culotte courte que je suis revenu l'après-midi à l'école. Mais ça n'avait pas cessé pour autant, car on me demandait ce que j'avais fait de mon pantalon, laissant entendre que si j'en avais changé, c'est que j'avais obligatoirement chié dedans.

Maintenant que je t'ai raconté ce que j'ai appelé « un moment particulier », je me demande si je n'aurais pas pu, mais avec précaution, aussi bien l'écrire à Beck. À vrai dire, je ne sais pas.

Dans la dernière lettre à Beck, j'avais écrit :

Cher Henri,

J'ai souvent pensé au jour où tu fus emmené avec toute ta famille. J'aurais aimé que tu n'aies pas été trop triste ce matin-là. J'aurais voulu savoir quelque chose de tes dernières colères. Ça m'aurait fait du bien de te savoir en colère…

Mais, maintenant que j'ai sa photo, plus je la regarde, plus j'ai du mal à l'imaginer en colère.

En cette fin de matinée du 25 janvier 2022, une fois tout le monde parti, je suis resté un moment encore avec celui que j'étais au temps où j'habitais là.

Parmi les lettres reçues à la suite de la publication de *Par instants, la vie n'est pas sûre* et dont je t'ai parlé au début de cette deuxième lettre, il y avait cette photo que m'avait envoyée Maguy, la monteuse du film que j'avais réalisé sur le cardinal Lustiger.

C'est la lecture du livre qui l'avait incitée à aller voir et photographier le 30 rue de la Butte-aux-Cailles. On ne s'en aperçoit pas tout de suite, mais la photo montre dans son état actuel la boutique de chaussures que tenaient mes parents et qui se trouve reproduite à la page 50.

À l'issue de la cérémonie de dévoilement de la plaque, la boutique de mes parents étant toute proche, je suis allé la voir. Les dessins n'étaient plus ceux de la photo envoyée par Maguy, excepté celui de l'enfant passe-muraille dessiné tout à côté de la porte d'entrée de l'immeuble.

Est-ce la proximité de la cérémonie à laquelle je venais d'assister ? Cet enfant dont on voit à peine le visage, qui tente de traverser le mur comme un enfant qui voudrait s'échapper, est devenu indissociable de l'enfant Beck dont quelques instants avant, je venais de redécouvrir le visage.

Quelques mois plus tard, lors d'une rencontre à la Librairie du désordre, une habitante du quartier, je me souviens qu'elle se prénomme Claudine, m'a donné l'identité de l'auteur de ce dessin. Il s'appelle Seth, du nom du troisième fils d'Adam et Ève. Elle m'apprit aussi, et pour répondre à ma curiosité m'emmena les voir, que d'autres murs de ce quartier étaient porteurs de ses dessins.

Entre ces dates Pierre (celle de la cérémonie et celle de la rencontre à la librairie), j'avais continué à t'écrire. Mais pour des raisons que tu vas très vite trouver évidentes bien qu'écrites plus tardivement, je vais rester avec ces peintures urbaines. À la suite de quoi, tu trouveras les pages que je t'avais écrites. Elles sont seulement déplacées.

Tous les dessins de Seth montraient des enfants. Comme cette petite fille à la marelle. La marelle est un jeu simple que les enfants connaissent bien. Il suffit d'une craie et d'un trottoir. On saute de carré en carré : 1, 2, 3, 4-5, 6, 7-8 pour accéder au ciel avant de retourner sur terre. Mais la petite fille dessinée, munie de son cartable d'écolière, ne retourne pas à la station terre. Les chiffres de la marelle l'ont conduite au ciel pour qu'elle puisse s'y blottir. Mais ce ciel n'a pas de corps. Il n'a pas été dessiné. Il n'y a qu'un mur. C'est une petite fille réelle qui est à l'endroit appelé Terre.

Elles ont cependant l'une et l'autre en commun une natte retenue par un petit ruban rose.

Rue de la Butte-aux-Cailles, rue des Cinq-Diamants, rue Buot, rue Alphand, rue Barrault, ces dessins qui parcourent les rues de mon vieux quartier, l'enfance les rassemble. Il faut en prendre soin. Et je ne savais pas encore que je reviendrais pour les photographier lorsqu'au bas de la rue Buot j'ai vu celui-là :

Cette petite fille, la chevelure auréolée de fleurs avance comme on danse, mais d'un pas cadencé. Résolument. Et sous ses pas, des chars que l'on sait russes sont écrasés. Dans ses mains le drapeau ukrainien est déployé. Elle sait que ce n'est pas un jouet. Comme l'enfant passe-muraille, comme l'enfant à la marelle, on voit à peine son visage, mais le dessin d'un cil nous dit qu'elle a les yeux ouverts.

Tout cela se voit d'un seul regard.

En bas, sur la droite, il y a une signature : Seth. Et une date : 27-02-2022.

Trois jours avant, dans *Le Monde* daté du 25 février il y avait ce titre :

« La Russie attaque l'Ukraine sur plusieurs fronts ».

Et au-dessous :

« Vladimir Poutine a annoncé jeudi à l'aube, le déclenchement d'une "Opération militaire spéciale" en Ukraine. Des frappes aériennes ont été signalées dans tout le pays, des troupes et des blindés sont entrés dans cinq régions. »

Le 24 février, l'écrivain ukrainien Andreï Kourkov écrivait : « La guerre a commencé. Hitler a démarré la guerre à 4 heures du matin. Poutine à 5 heures. Cela ne fait pas beaucoup de différence. »

C'était il y a quatre mois, et c'est très exactement ça Pierre : cela ne fait pas beaucoup de différence.

J'ai rencontré l'auteur des dessins. Il s'appelle Julien Malland. Il peint des murs à travers le monde sous le nom de Seth. En 2017, un ami ukrainien l'avait invité à peindre une école située sur la ligne de front. À Popasna, dans le Donbass. Pour des raisons de sécurité ils n'avaient pas pu aller au bout du projet. Mais Julien Malland avait eu le temps de dessiner sur un des hauts murs de l'école le balancement d'une enfant dans le ciel ukrainien.

« Jamais avant de venir à Popasna, je n'avais autant ressenti le pouvoir thérapeutique d'un dessin sur un mur, rappelle-t-il. Chaque jour, les enfants se retrouvaient au pied de la fresque pour m'observer, commenter l'avancée du travail et discuter la signification de la peinture. Notre simple présence éveillait des nouvelles vocations. Pour Vladik, un gamin de huit ans avec une énergie incroyable, peindre était devenu une question de vie ou de mort. Il ne lâchait plus son pinceau, il piochait dans mes pots de peinture dès que j'avais le dos tourné. »

Alors, en 2019, Julien a repris la route pour terminer ce qui avait été commencé.

L'ami venu le chercher à la gare lui parle des enfants. Il lui dit que lorsqu'ils ont vu les gens mourir, ils ont perdu espoir dans leur futur. Ça fait cinq ans qu'ils entendent le bruit des bombes et ils pensent que ça ne s'arrêtera jamais. J'ai vu comment ton art les rend vraiment heureux dit-il à Julien, lorsqu'ils ont un projet avec toi. Ils ont l'impression de ne pas être seuls au monde quand tu viens.

C'est de cela Pierre, que je veux te parler. Et d'un film qui a été tourné pendant le séjour de Julien Malland à Popasna.

Un film qui raconte les dessins de Julien et les dessins des enfants. Parce qu'ils se sont tous mis à faire des dessins. Et parce que ne pas montrer ces dessins n'aurait aucun sens, je crois bien que ce qui va suivre va ressembler à un album d'images.

Mais avant de regarder les dessins des enfants et d'écouter ce qu'ils en disent, il faut écouter Viktor Shulik, le directeur de l'école, qui malgré les pires heures des conflits n'a jamais quitté son poste :

« La phase active des actions militaires a commencé au printemps 2014. On entendait des tirs, des explosions. On a terminé l'année scolaire 2014 quand le gouvernement des occupants était déjà installé ici. Et puis, les enfants et leurs parents ont commencé à quitter la ville. Ils sont devenus des réfugiés. Avant la guerre il y avait plus de cinquante mille habitants. Il n'y a que ceux qui n'avaient pas où aller qui sont restés. Ceux qui sont restés dans la ville et ceux qui travaillaient à l'école, vivaient dans l'abri anti-bombes au sous-sol de l'école. Tous les jours, en arrivant à l'école, on mettait des planches de bois sur les fenêtres pour préserver le système de chauffage. Cela n'avait pas tellement de sens parce que tous les quelques jours une explosion faisait tout voler en éclats. C'était ainsi jusqu'à ce qu'une partie de missile "Grad" a touché l'école. Elle a littéralement détruit le mur d'une classe. Quand on a repris les cours en mars 2015, il n'y avait plus que quarante élèves sur trois cent soixante.

Bien évidemment, on essaye de faire le maximum pour rétablir la santé psychologique des enfants, mais je pense qu'il faut beaucoup de temps. Ce drame qu'ils ont vécu les a marqués. Ces enfants qui revenaient à l'école étaient toujours tendus, toujours en train de guetter s'il ne se passait pas quelque chose dehors. Cette tension a duré presque un an parce que les combats continuaient. Aujourd'hui, la vie continue malgré le conflit. Et les études dans cette école doivent continuer. »

Et parce que les études doivent continuer, une institutrice qui n'a pas non plus quitté son poste, donne un cours. Mais dans la classe une petite fille pleure. Elle pleure parce qu'elle a été contrainte de quitter sa ville. « Ne pleure pas, il ne faut pas pleurer, la paix reviendra vite. Tu fais tes études à l'école, tu participes à des ateliers, tu es entourée d'amis, lui dit l'institutrice qui ne parvient pas à retenir ses propres larmes. Chacun doit garder l'espoir en un futur meilleur. Parce que si nous n'avons pas la foi en un futur meilleur, il n'y aura pas de changements. Alors je vous propose de créer un petit récit avec pour titre : "Je souhaite la paix". »

Après un moment quelques élèves lèvent le bras.

Une élève : Je souhaite la paix pour être de bonne humeur.

Un élève : Je souhaite la paix parce que je souhaite vivre.

Une autre élève : Je souhaite la paix à tous les gens dans ce monde. Nous n'avons pas besoin de chagrin, de perte et de larmes. On souhaite entendre la joie et le rire des enfants, et non le bruit des obus et de la mort.

Lorsque les cours se terminent, nous dit encore Julien, les enfants restent à l'école, jouent autour et reviennent même le week-end. À croire qu'ils ne la quittent jamais. Pour ces mômes, l'école est bien plus qu'un simple lieu d'apprentissage. Elle est le centre de leur univers.

C'est pourquoi, à la classe réunie, il dit qu'il est venu aussi pour leur demander de dessiner. « Mais de vous dessiner, précise-t-il, de faire un portrait de vous mais sans le visage. Dessinez ce qu'il y a dans votre tête. »

Alors, en souvenir des bombes qui étaient venues surprendre leur début de vie, dans ces têtes dont Julien n'avait dessiné que le contour, se sont retrouvés des dessins qui racontaient la guerre et des dessins qui disaient la paix. Des têtes dans lesquelles se réfugiaient leur douleur et leurs espoirs. Regardons-les ces dessins et écoutons ce que ces enfants nous disent :

« J'ai dessiné ce que je veux devenir, je veux devenir sculpteur. »

« J'aime prendre cette route de la forêt de ma grand-mère et regarder la nature. »

« J'ai dessiné que dans le passé ma maison a brûlé et les arbres autour aussi. »

« Sur ce dessin nous voulions montrer que dans le passé nous avions la paix, le calme, et après la guerre a commencé. »

« J'ai dessiné la fontaine de la place parce que je l'aime bien. »

« J'ai dessiné la salle des fêtes de Popasna où toutes les fêtes sont organisées. »

« Nous avons dessiné le futur aéroport de Popasna qui sera probablement construit. Nous avons dessiné le soleil, la grande roue. »

« Et les oiseaux comme symbole de la paix. »

« Le soleil qui brille au-dessus de nos têtes et nous réchauffe. Nous avons dessiné des ballons que nous voulons voir voler dans le ciel de Popasna. »

Снова школа!!!

« Nous avons marqué “je souhaite la paix” parce que c’est ce que nous voulons. C’est notre rêve, c’est notre futur. »

Vladik, ce petit garçon dont Julien nous a dit qu'il avait une énergie incroyable, qui avait été blessé lors d'un bombardement mais qui ne voulait pas en parler parce que, disait-il, ça le rendait trop triste, avait à l'intérieur de la tête dessiné un seul personnage. « Pourquoi tu ne continues pas ? » lui a demandé Julien qui pour toute réponse a eu la main de Vladik le désignant. Il avait dessiné Julien.

Après, il a fait un autre dessin. Un dessin à part qu'il est venu lui décrire : « Ce dessin montre que le petit garçon a deux choix : soit il choisit la vie, soit il reste à la maison devant son ordinateur. Il a choisi la vie parce qu'il veut voir ses amis et aller dehors, faire des balades dans la forêt et non pas simplement rester à la maison devant son ordinateur. »

« Quand je serai grand, dira-t-il s'adressant à la caméra, je peindrai comme Julien. Je trouve que mes dessins ressemblent beaucoup aux siens. Ses dessins m'inspirent pour avoir de nouvelles idées. À l'école, je ne fais que dessiner. C'est tout. »

Après avoir vu tous ces dessins, touché par l'œuvre collective que certains ont fait, Julien leur a dit qu'ils devaient poursuivre cette idée, en discuter ensemble, faire plusieurs groupes où chacun inventerait un personnage. Et ces dessins seraient intégrés à l'intérieur de ceux que dessinerait Julien. Une œuvre participative, dit-il encore, qui montrerait Popasna avant, Popasna maintenant, et le futur.

Alors ensemble, ils ont fait Popasna avant avec des chars,

Popasna maintenant avec une fontaine et un cœur,

et Popasna au futur avec le mot Paix.

Pendant qu'en classe les enfants poursuivaient leurs études, Julien avait entrepris, pour un des hauts murs de l'école, une fresque qui devait rester comme le souvenir de ces moments vécus ensemble. Après les cours, les enfants allaient le voir, monté sur une grue, dessinant, selon leurs mots, deux enfants qui sont tombés amoureux l'un de l'autre.

Cette fresque, où deux enfants se donnent la main, mais n'ont plus d'yeux pour se voir, plus de lèvres pour s'embrasser, qui semble avoir été faite pour que les enfants s'y reconnaissent, lorsqu'elle fut terminée, Julien leur demanda comment l'appeler et ce qu'ils y voyaient : ils parlèrent d'amour.

« Je vois un garçon et une fille qui s'aiment. »

« Je vois l'amour car ils se tiennent par la main. »

« L'amour peut finir à cause de cette fissure. »

« Je vois des émotions telles que l'amour. C'est intéressant, mais pourquoi n'a-t-il pas fini le tableau ? »

« Je pense que ça représente l'amour. »

« On pourrait l'appeler "Les meilleurs amis". »

« L'arc-en-ciel de l'amitié. »

« L'amour paisible. »

« L'amour tendre. »

« L'amour au paradis. »

Et cette petite fille s'adressant à Julien : « Moi, je l'appellerais "Toi et moi". »

« Les premiers yeux sont d'innocence », disait Paul Éluard[1].

1. Paul Eluard, *Au rendez-vous allemand*, Éditions de Minuit, 1945.

Voilà Pierre. C'était en 2019. Trois ans après, le 24 février 2022, Poutine attaquait l'Ukraine.

Le 7 mai, Popasna à moitié détruite est prise par les forces russes.

« La situation dans le Donbass devient de plus en plus intenable pour la population qui vit sous une pluie incessante de bombardements. À Popasna, ceux qui n'ont pas réussi à fuir la ville, en proie à l'offensive russe, comptent leurs morts et leurs blessés. »

(Source vidéo : *Le Monde* avec *Reuters*). Publié le 27 mai 2022 à 14 h 44. Popasna est désormais une ville fantôme.

Je ne vais pas montrer ici ces villes bombardées, détruites, incendiées, réduites en cendres, mais, prise par Evgeniy Maloletka / AP, cette photo, publiée par *Le Monde* daté du 18 mars, représentant une femme ukrainienne avec son enfant dans les bras. Avec cette légende : « Une femme et son enfant, dans un hôpital de Marioupol, le 11 mars. Elle pleure la mort de son autre enfant dans les bombardements. »

Dans son livre *Vivre avec nos morts*, Delphine Horvilleur cherche à donner des réponses à un enfant dont le petit frère est mort. Qui peut apporter des réponses à ces questions d'enfant ? écrit-elle. « J'ai besoin de savoir où Isaac est allé. Papa et maman ne savent pas me le dire. Ils me disent que demain on va l'enterrer, et ils me disent aussi qu'il est allé au ciel. Alors je ne comprends pas. Moi, j'ai besoin de savoir où je dois regarder pour le chercher. »

Que va dire la maman en larmes, assise au sol de l'hôpital avec son enfant endormi dans les bras, lorsque cet enfant demandera où est allé son frère ? La mort échappe aux mots, dit Delphine Horvilleur. La maman ne pourra répondre qu'en serrant un peu plus fort son enfant dans ses bras.

Nous sommes au sixième mois de la guerre, et les victimes ukrainiennes se comptent par dizaines de milliers.

L'école de Popasna était une belle école, avec des classes pour apprendre et une cour pour jouer. Et les murs sur lesquels des enfants qui ne demandaient qu'à s'aimer étaient dessinés, auxquels ils avaient confié leur innocence ont été réduits en cendres et en gravats. Un jour, lorsqu'on demandera à ces enfants ce qu'il faut reconstruire, ils répondront des murs pour y faire des dessins. Et il faudra les écouter.

Écoutons ce que disait Vladik :

« Dans ma réalité et dans mes rêves, Julien est un héros de la peinture. Il a mis de la peinture sur tous mes ennemis et mes monstres. Ses dessins m'inspirent et ils me permettent de ne pas être triste. Ils m'aident à rêver. Parfois je rêve du futur. Je rêve de devenir peintre. Je me vois peintre dans le futur. J'aimerais peindre comme lui sur des grands murs. Je vais peindre les gens qui s'aiment. Et des bons amis. Pour moi, c'est important qu'ils soient amis avec d'autres gens, et qu'ils s'aiment. »

Ces enfants ukrainiens, c'est par eux, avec eux qu'il faut regarder l'Histoire. Et l'apprendre d'abord par ce qui a été fait aux enfants.

Maintenant Pierre, je peux revenir à ce que j'avais écrit avant l'invasion des Russes en Ukraine. Et c'est un bien de l'avoir déjà écrit. Parce que je ne sais pas très bien ce que j'aurais pu ou aurais eu envie d'écrire après avoir quitté ces enfants ukrainiens. Quoi raconter ? Comment passer à autre chose ? Comment tourner la page ?

Alors, avant de poursuivre, je voudrais que l'on s'arrête un instant sur cette image. Pour Julien. Et pour ce que nous disent les yeux de Vladik. Ils sont dans une même mémoire.

« […] et il m'arrive de passer trois heures à chercher un livre, sans le trouver, mais en ayant parfois la satisfaction d'en découvrir six ou sept autres qui font tout aussi bien l'affaire. »

Georges Perec, *Notes brèves sur l'art et la manière de ranger les livres*, *Humidité*, n° 25, printemps, 1978

« Si tu le vois, consacrer son temps au classement de ses papiers, de ses écrits, si tu le vois, dater et ranger d'anciennes photographies de famille, et s'il le fait de la manière la plus précise possible, alors il y a lieu de s'inquiéter. »

Berg et Beck, 1999

Pour tout te dire, si ces deux citations qui en apparence n'ont rien en commun, sont ici associées, c'est que j'ai entrepris de faire un peu de rangement. Vaste entreprise ! Car je ne me contente pas du rangement des livres – il me suffirait pour cela de choisir une des propositions formulées par Perec dans son article – mais aussi de celui des photographies, des dossiers, des cahiers de notes, des agendas…

Prendre la décision de faire un « grand rangement » n'a rien d'insignifiant. Ça doit raconter quelque chose de classer, de ranger, de se demander si on jette ou si on garde.

Si ces citations sont là, placées en préliminaire, c'est que j'ai de bonnes et diverses raisons pour entreprendre ce qu'on appelle un « grand rangement ».

Il y a un moment déjà que j'essayais de résister à la tentation de ranger.

J'ai commencé par le plus simple : les livres. En observant une des combinaisons proposées par Perec : un classement par genres à l'intérieur desquels ils sont classés par langues dans l'ordre alphabétique. Cependant, malgré la simplicité indiquée, les trois heures rappelées par Perec n'ont rien de trop. Ainsi, passer d'Audiberti à Blanchot m'a pris un temps fou. C'est qu'entre les deux, il y a Bergounioux. Et comme un marque-page dépassait du *Premier Mot*, je n'avais pas résisté à la curiosité de savoir ce qu'il signalait. Ce qu'il signalait, ce sont deux phrases (page 78), toutes deux déjà soulignées trois fois. Ce qui me rappelait que j'avais déjà relu ce livre deux fois. Voici ces phrases : « J'avais remis à plus tard de vivre, par égard, d'abord, pour des morts que je n'avais pas connus vivants. » La seconde, placée juste dessous : « Je n'étais pas venu préparer un avenir, mais tenter d'élucider un passé. » Phrase qui se rapprochait singulièrement du travail que j'entreprenais. Et du coup, perché sur un tabouret, j'ai lu la suite. Par chance, *Le Premier Mot* ne fait que 95 pages.

Cette lecture a été un piège dans lequel, tu vas voir, j'ai eu du plaisir à rester un moment. C'est que – j'ai vérifié dans un de mes agendas – le 19 janvier 1994, nous avons filmé Pierre Bergounioux, chez lui, à Gif-sur-Yvette. Et je dois commencer par me féliciter d'avoir conservé la sténotypie de cet entretien. Et devant toi tirer mon chapeau. Pour donner une image de ce dernier compliment, je vais recopier une partie de cet entretien, en précisant que nous étions venus voir Pierre Bergounioux, à l'occasion de la sortie de son dernier livre *La Toussaint*.

Toi : Il y a dans *L'Arbre sur la rivière*[1] une phrase sur laquelle je voudrais revenir. Après un grave accident de voiture, le narrateur, un jeune homme qui vient d'être blessé écrit : « Je marchais. On a contourné le coffre béant. Daniel était recroquevillé sur le toit. J'ai dit que c'était nous. » Ça m'a fait plaisir de retrouver le titre d'un livre ultérieur, dans une phrase : *C'était nous*[2].

Bergounioux : Je n'avais pas non plus remarqué cette présence avant la lettre. Oui, je serais malvenu de dire le contraire, mais je n'ai pas observé que le titre du livre suivant d'un livre ultérieur figurait déjà dans le texte, un livre antérieur.

---

1. Pierre Bergounioux, *L'Arbre sur la rivière*, Gallimard, 1988.

2. Pierre Bergounioux, *C'était nous*, Gallimard, 1990.

Toi (*en commentaire*) : J'étais content pourtant d'avoir trouvé ce : *c'était nous*. À tort. Il m'était arrivé pire au cours de l'entretien et comme le ridicule ne tue pas, je vais vous faire l'aveu de ce pire, voici : Il y a une phrase dans *Madame Bovary* (que toutes les personnes qui aiment bien *Madame Bovary* connaissent généralement) c'est : « Le silence était partout. » Phrase qui renvoie le lecteur au moment le plus vif de la baisade (dans la forêt) d'Emma et de Rodolphe. Sachant que Bergounioux connaissait bien Flaubert, j'étais tout content de trouver dans deux livres de Bergounioux, ladite phrase de Flaubert coupée en deux.

Allons-y :

Toi (*en entretien*) : « Le silence était partout », ça vous dit quelque chose ou pas ?

Bergounioux : Je ne me souviens plus de cette phrase.

Toi : Bon, alors je vais vous aider. Je trouve page 95 de *Catherine*[1] : « Le silence était complet », et page 148 de *L'Arbre sur la rivière* : « Le ciel était partout ».

Bergounioux : Je ne me souviens même pas d'avoir écrit ces choses-là. Mais ça tient sans doute à ce que je répugne beaucoup à relire ce que j'ai écrit, j'en conçois un sentiment de…

Toi : Mais quand même la phrase est bien divisée si je puis dire là.

1. Pierre Bergounioux, *Catherine*, Gallimard, 1984.

Bergounioux : Oui. Mais curieusement, cela m'a échappé au moins dans l'instant et à coup sûr maintenant. Je ne me souviens ni de la phrase de Flaubert, ni de celle que j'ai pu moi-même écrire.

Toi : Ben voyez, c'est bien comme ça.

Bergounioux : Tout à fait. C'est peut-être un oubli significatif.

Toi (*en commentaire*) : L'oubli est peut-être la forme la plus aiguë de la mémoire. Après tout, ce n'est pas notre mémoire qui lit, c'est nous.

J'ai parlé de piège tout à l'heure. Le piège, c'est que je n'en étais qu'à la lettre B.

Remonté sur mon tabouret comme on remonte dans un train après un arrêt, mes yeux glissaient d'eux-mêmes sur les étagères suivantes où d'autres marque-pages, oubliés eux aussi, semblaient m'attendre. Un marque-page oublié dans un livre, il n'en faut pas plus pour l'ouvrir et découvrir le pourquoi de sa présence, ou – cela va m'arriver – pour m'interroger sur les raisons obscures ou mystérieuses ou simplement anodines pour lesquelles il est resté là.

Finalement, c'est ça aussi une bibliothèque : un endroit devant lequel on marque des temps d'arrêt.

« On marque des temps d'arrêt. » Ces derniers mots que je venais d'écrire, en les relisant, je me suis demandé s'ils n'étaient pas déjà présents dans ma dernière lettre. J'ai vérifié :

ils étaient là. Et déjà à propos de ma bibliothèque. Mais pas seulement ces quelques mots. Il y avait aussi la phrase qui terminait l'article de Perec et que tout naturellement je m'apprêtais à retranscrire ici. Ce que je vais tout de même faire pour que tu n'aies pas à la rechercher : « En tout cas il n'est pas mauvais que nos bibliothèques servent aussi de temps à autre de pense-bête, de repose-chat, de fourre-tout. » Et suivait (dans ma lettre) toute une liste d'objets. J'ai, bien évidemment, pour savoir ce qui a bougé, comparé cette liste d'objets avec ce qui repose maintenant sur les étagères de ma bibliothèque. Danielle Darrieux, Harpo Marx, Max Ophuls sont toujours là. La photographie de Georges Perec écoutant le jour de la bar-mitsva de mon fils Nicolas, l'accent yiddish de mon père, aussi. J'ai ajouté une photo prise la même journée. Elle nous montre ma mère et moi dansant ensemble. C'est une photographie que je regarde souvent.

J'ai écrit plus haut que ça doit raconter quelque chose de classer, de ranger, de se demander si on jette ou si on garde. Si j'en parle cette fois encore, ce n'est pas seulement parce qu'il faut faire de la place pour les livres nouveaux. Pour les livres, la réponse est toute faite : on garde. Mais les notes ? Les dossiers ? Ceux, je t'en ai dit un mot, dans lesquels j'aimerai flâner encore, qui attendent que je m'y arrête. En les jetant, n'emporteraient-ils pas quelque chose de moi-même ? Peut-être y trouverais-je des réponses aux questions que je ne me pose pas encore. Dans *On ne peut plus dormir tranquille…*, Bernard le narrateur, voyant revenir de l'école son jeune frère Alex avec un sérieux cocard, lui dit qu'il ne faut jamais se laisser faire et rendre chaque coup. « Je sais bien, a répondu Alex, mais je lui avais rendu avant. »

Si je te raconte ça, c'est qu'il arrive qu'on me demande comment je parviens à continuer à t'écrire sans réponse de ta part. À quoi, m'inspirant de la réponse d'Alex, je peux dire moi aussi : « Il m'a répondu avant. »

C'est que des textes de toi, j'en ai plein. Ceux des films que nous avons faits ensemble. Ceux qui sont restés à l'état de projet, des notes et des mots courts que tu m'envoyais parfois après un visionnage.

Le dernier mot que j'ai reçu de toi, indirectement, puisque c'était il n'y a pas très longtemps, m'est parvenu par Martine de Rabaudy. C'est elle qui avait écrit le très beau livre sur Florence Malraux qui s'appelle *À l'absente*. Elle t'avait interviewé à l'occasion de la publication d'*Autobiographie d'un lecteur*. Dans cet entretien, publié dans *L'Express*, qui était joint à la première lettre que j'ai reçue d'elle, tu disais, entre autres, à propos d'un projet : « Quand on vous dit ça va intéresser qui ? Pour moi ce n'est pas une question. C'est une insulte en forme de question. »

Ces mots, recopiés sur un post-it, sont très vite venus rejoindre ceux qui sont déjà collés sur l'épaisseur des étagères de ma bibliothèque.

Avec Martine de Rabaudy, notre correspondance ne s'est pas arrêtée là. Dans un autre de ses livres qu'elle m'a offert, c'était dans un café place de la Bastille, elle avait écrit ces mots : « À vous, cher Robert, l'ami de Florence et le mien aujourd'hui. » Ainsi, grâce à toi et à Florence Malraux, est née une belle amitié.

Il y a d'autres mots de toi, que je ne connais pas encore, des mots qui ne m'étaient pas destinés, dits à la radio, dont je ne peux pas parler, faute de ne les avoir pas encore écoutés. Des mots faits de réponses aux questions que d'autres te posaient. Je vais m'y employer. Promis. Mais pas tout de suite. C'est que le rangement réserve parfois des surprises. J'ai trouvé au fond d'une boîte tout un paquet de *L'Écran français* acheté il y a longtemps dans une brocante pour trois fois rien. Une fois chez moi, je les avais feuilletés avec fébrilité. C'est que *L'Écran français* a été le premier hebdomadaire de cinéma que chaque mercredi j'avais longtemps acheté. Ça devait être en 1948 ou 1949. Le paquet que je venais d'acheter était plus ancien. Il va du 4 juillet 1945 (c'est le numéro 1 avec en couverture, une photo de Micheline Presle, dans *Boule de suif*), à la fin 1946. J'avais de quoi passer quelques soirées. De couverture en couverture, s'exposaient les photographies des vedettes de ce temps, Danielle Darrieux, Gérard Philipe, Michèle Morgan, Jean Marais, Madeleine Sologne, Michel Simon, Edwige Feuillère, et bien d'autres aujourd'hui oubliées.

En choisissant parmi tous ces exemplaires, ceux que je veux reproduire pour toi, et que tu trouveras à la page suivante, je me suis rendu compte que les six premiers numéros portaient en couverture la mention : « publié clandestinement pendant l'occupation ». Après, cette mention disparaît. Il semblerait que dès le mois d'août 1945 la rédaction du journal a pensé que le temps de l'occupation était déjà loin.

L'ECRAN français
L'HEBDOMADAIRE DU CINÉMA
TOUS LES MERCREDIS
10 FRANCS
Publié clandestinement pendant l'occupation
N° 5
1er AOUT
1945
Edwige FEUILLERE dans « LA PART DE L'OMBRE »

L'ECRAN français
L'HEBDOMADAIRE DU CINÉMA
TOUS LES MERCREDIS
10 FRANCS
Publié clandestinement pendant l'occupation
Troisième année
N° 6
8 AOUT
1945
Madeleine SOLOGNE, dans « MARIE-LA-MISERE »

L'ECRAN français
L'HEBDOMADAIRE DU CINÉMA
TOUS LES MERCREDIS
10 FRANCS
Troisième année
N° 10
5 Septembre
1945
Danielle DARRIEUX tourne « AU PETIT BONHEUR »

L'ECRAN français
L'HEBDOMADAIRE DU CINÉMA
TOUS LES MERCREDIS
10 FRANCS
N° 7
15 AOUT
1945
MICHELE MORGAN tournera-t-elle « L'ANNONCE FAITE A MARIE » ?

C'est grâce à *L'Écran français* que j'ai appris qu'il existait une critique cinématographique. Pourtant sa disparition a été pour moi une véritable chance. Je vais essayer d'expliquer pourquoi. Voici : suite à des problèmes de trésorerie, *L'Écran français*, en mars 1952 a été intégré, sous forme de pages centrales, aux *Lettres françaises* que dirigeait alors Aragon. Il me fallait donc pour suivre l'actualité cinématographique, que j'achète *Les Lettres françaises*. Rien ne m'obligeait à lire les autres rubriques. Ce que j'ai fait pourtant, plutôt distraitement au début puisque, tu le sais, je t'en avais dit quelques mots dans ma dernière lettre (« je croyais que les livres étaient destinés à ceux qui poursuivaient leurs études »). Je n'avais lu que quelques livres dans lesquels je cherchais, comme l'avait écrit Erri De Luca, « la lettre, la phrase qui avait été écrite pour moi ». Ces autres rubriques cependant, que j'approchais avec timidité, m'apportèrent quelque chose de nouveau. Elles étaient comme des chemins que leurs lecteurs étaient invités à prendre. Mais ma timidité était tenace. J'avais, à cause de ce que j'ai dit plus haut, trop de respect pour l'objet livre, pour les « dévorer », comme le disait une publicité de l'époque. Mon passé de non-lecteur, encore trop proche, pas assez mis à distance, m'interdisait de me sentir tout à fait à l'aise. J'avais passé trop de temps à ne pas lire. On ne m'aurait pas surpris dans le métro avec un Balzac en mains. J'aurais eu le sentiment de frimer, de donner l'apparence d'être ce que je n'étais pas[1]. Heureusement, je crois avoir changé. J'ai même appris grâce à toi qu'il y a probablement une centaine de façons de lire un livre[2]. Moi, au début, je n'en voyais qu'une, c'est de le commencer à la première page jusqu'à ce que, en les tournant, on arrive à la dernière. Depuis, « je relis les livres que j'aime et j'aime les livres que je relis »... Tu connais la suite.

Cette timidité que j'ai longtemps gardée face à la critique littéraire, je ne l'ai pas, sans savoir pourquoi (bien qu'en cherchant, je pourrais peut-être le savoir), éprouvé avec les articles qui, dans *Les Lettres françaises* parlaient de la peinture.

C'est idiot d'avoir écrit « bien qu'en cherchant, je pourrais peut-être le savoir », parce que du coup non seulement ça m'incite à chercher, mais en plus ça m'interdit de passer à autre chose. Bon, alors allons-y cette fois encore. Mais ça va demander un détour.

En 1952, je travaillais comme tailleur dans un bel atelier qui était situé au premier étage du 19 bis rue Fontaine (tout près de la place Pigalle). Mon patron, Monsieur Adolphe Knoplioch, venu tout jeune de Russie au début du siècle, après avoir travaillé pour d'autres, puis souhaitant s'installer à son compte, avait trouvé cet endroit. « C'est ici que pendant plusieurs années le peintre Degas avait son atelier », m'a-t-il dit un jour. Il tenait

1. Tout comme le jour où je suis arrivé à l'école en pantalon de golf.

2. C'est la deuxième fois que je cite cette phrase. C'est dire qu'elle m'a beaucoup appris.

cette information d'un personnage qui habitait au fond de la cour. Ce monsieur, Pierre Labric, qui semblait tout savoir de l'histoire de ce quartier, avait acquis une certaine célébrité en descendant les escaliers du Sacré-Cœur à bicyclette et, je ne sais pas si c'était lié à cet exploit, avait été choisi pour être le maire de la commune du vieux Montmartre.

J'ai beaucoup aimé travailler dans cet atelier. Parce qu'en plus, couvrant presque le bruit de nos machines à coudre, du rez-de-chaussée nous parvenaient les musiques sur lesquelles les danseuses du Lido répétaient les numéros de leur prochaine revue. En été, elles laissaient souvent la porte de leur studio ouverte, et il m'est plus d'une fois arrivé, en sortant du travail, d'assister avec plaisir aux répétitions de ces belles personnes, bien qu'en moins dénudées que ce qu'elles seraient devant les touristes qui allaient les admirer le soir aux Champs-Élysées.

Ce plaisir a duré deux ans.

Je ne sais pas trop à quoi m'a servi ce détour. Oui, le nom de Degas a été cité, ce qui n'est pas sans importance, et cela m'avait donné la curiosité de regarder avec plus d'attention ses reproductions. Des danseuses aussi. Des danseuses en tutu. C'est l'ordre dans lequel tout ça m'a été donné que je ne sais plus. En morte-saison, sortant plus tôt de l'atelier, j'ai eu le loisir de beaucoup marcher dans ce quartier. J'ai donc vu ici et là des affiches représentant Aristide Bruant dessinées par Toulouse-Lautrec. Mais quel est le nom que j'ai d'abord retenu ? Lautrec ? Bruant ? Je suis tenté de répondre Lautrec, puisque continuant à acheter *Les Lettres françaises*, son nom, au milieu d'autres, a certainement dû éveiller mon attention. Mais cette même année 1952, en colonie de vacances, grâce à l'écoute d'un disque enregistré par Yves Montand, nous avions appris la chanson *Les Canuts* dont l'auteur était Aristide Bruant. Avec ce que j'ai eu l'occasion de te dire de ces colonies de vacances et avec ces paroles qui terminent la chanson, tu auras compris pourquoi elle était inscrite dans le répertoire de notre chorale.

Mais notre règne arrivera
Quand votre règne finira
Nous tisserons le linceul du vieux monde
Car on entend déjà la révolte qui gronde
Nous sommes les Canuts
Nous n'irons plus nus.

À la question posée plus haut, je n'ai pas de réponse. Tout ça a dû arriver à la fois, mais avant de te parler de l'intérêt que je portais à la peinture, je veux encore dire quelques mots, d'une part de Monsieur Knoplioch, d'autre part d'Aristide Bruant.

Dans *Quoi de neuf sur la guerre ?*, j'avais raconté qu'un des personnages, Léon, venu de Pologne, était arrivé à Paris en 1931 à l'âge de dix ans pour retrouver son grand frère dont bien évidemment il connaissait le nom, mais que sa mère restée en Pologne avait négligé de lui donner l'adresse. Sortant de la gare de l'Est, il avait naturellement pris le boulevard Magenta qui s'ouvrait devant lui jusqu'à ce que près de la place de la République il tombe miraculeusement sur une affiche annonçant un spectacle théâtral en yiddish. Il a alors attendu là, assis sur sa valise, qu'un passant s'arrête pour lire l'affiche. Ce qui n'a pas manqué. S'adressant à lui en yiddish, Léon lui a parlé de sa situation. Après tout a été très vite. Le passant a emmené Léon à la Ligue culturelle juive toute proche, et après quelques coups de téléphone, le soir même il dormait chez son frère.

Cette histoire je ne l'avais inventée qu'en partie, car c'est à Monsieur Knoplioch qu'elle était arrivée. À quelques différences près. Entre autres, il n'était pas venu de Pologne mais de Russie et non en 1931, mais avant la guerre de quatorze. J'avais déjà beaucoup d'admiration pour la qualité de son travail. Il est avec Monsieur Grynspan celui qui m'a le plus appris dans ce métier. C'est la deuxième fois que je raconte cette histoire et je ne saurai pas dire tout ce qu'elle m'apprend, mais je sais que c'est aussi pour elle que j'ai tenu à remercier Monsieur Adolphe Knoplioch à la fin du livre.

Près d'une vingtaine d'années après avoir quitté l'atelier de la rue Fontaine, en raison des souvenirs que j'en avais gardé, et voulant savoir ce que ce lieu était devenu, j'ai frappé à sa porte. Une voix m'a dit d'entrer. Monsieur Knoplioch était toujours là, assis près de sa machine à coudre. Une jeune personne était là qui l'entourait. Revenu de ma surprise et m'étonnant auprès de lui de le voir là, tirant encore l'aiguille à plus de quatre-vingts ans, avec un sourire un peu fatigué, il m'a simplement dit : «Il me reste encore quelques vêtements à terminer. » Lorsque je l'ai quitté, n'osant pas lui dire à bientôt, je suis resté un moment, encore bouleversé, devant le 19 bis rue Fontaine, ne sachant où aller et je pensais à la vie qu'avait traversée ce monsieur, depuis son arrivée à la gare de l'Est, seul, à l'âge de dix ans.

Bruant, c'était inévitable, c'est dans cette ambiance que j'ai commencé à écouter ses chansons. Celles que j'aime, qui commencent dans l'innocence et nous laissent le cœur serré, il les écrivait à l'imparfait.

« Il était né près du canal… »

« Sa maman s'appelait Flora… »

« Il avait pas encore vingt ans… »

J'avais trouvé d'occasion le recueil qu'il avait appelé *Dans la rue*. Les textes de ses chansons (j'en connais encore quelques-uns par cœur) sont entourés de dessins de Steinlein et de dessins de Poulbot. L'édition est de 1924. Dès qu'on l'ouvre, on voit une dédicace : « Tes vingt-trois ans ont la couleur du miel, le goût de la tendresse… » Et c'était signé France. J'aurais aimé en savoir plus.

Le 19 bis de la rue Fontaine était une bonne adresse. Je l'ai retrouvée plus tard dans un bel album[1] que Francis Jour-

1. Francis Jourdain et Jean Adhémar, Éditions Pierre Tisné, *T-Lautrec*, 1952, rééd. 1987.

dain et Jean Adhémar avaient consacré à Toulouse-Lautrec. En 1885, Lautrec avait travaillé dans l'atelier de Degas. C'est l'année où il avait peint les portraits de Suzanne Valadon et d'Émile Bernard. Et aussi sa première litho : la couverture pour *À Saint-Lazare*, une chanson de Bruant.

J'aimais beaucoup les articles que signait Francis Jourdain. Dans *Les Lettres françaises*, je me suis très vite attaché à ceux qu'il écrivait. Je ne savais pas à quoi il ressemblait, mais je me l'étais imaginé en apprenant par un livre qu'il venait de publier[1], qu'il était né en 1876. Il avait donc connu tous les peintres dont il parlait. C'était impressionnant. Aussi, lorsqu'en 1953, *Les Lettres françaises* ont annoncé que le Comité national des écrivains organisait une vente-signature des écrivains contemporains, nous avons décidé, Elen et moi, de nous y rendre. C'est là que je vis Francis Jourdain pour la première fois. Moustaches et barbiche, il était conforme à ce que j'avais imaginé. À son stand, attendant mon tour, bien que nous ne soyons pas nombreux, j'avais pris et commencé à feuilleter un petit livre des éditions Braun[2] qu'il avait consacré à Ingres. Je l'avais encore en main lorsque arriva mon tour. Il me souriait et me demanda mon nom. Et pendant qu'il écrivait « Pour Robert Bober. Cordialement », qu'il signait Francis Jourdain, qu'il indiquait la date : 24 X 53, je me disais que ce monsieur

1. Francis Jourdain, *Né en 76*, Éditions du Pavillon, 1951.

2. Francis Jourdain, *Ingres*, Éditions Braun et Cie, 1954.

qui écrit mon nom a connu Monet, Renoir, Cézanne, et passé, jeune homme encore, des soirées au Moulin-Rouge en compagnie de Toulouse-Lautrec. En me tendant mon livre, il m'a encore souri, et m'a serré la main.

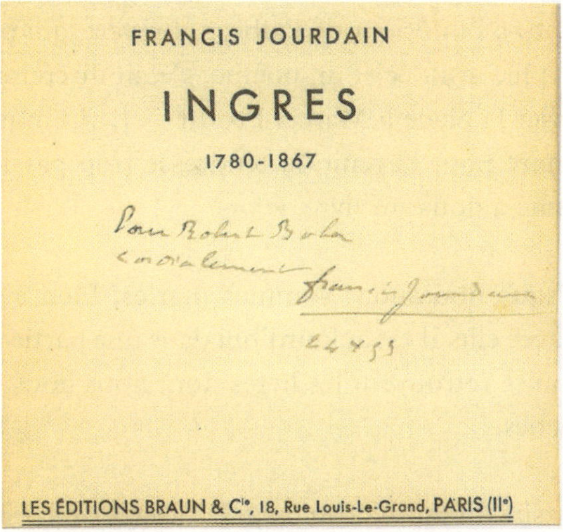
FRANCIS JOURDAIN

INGRES

1780-1867

LES ÉDITIONS BRAUN & Cie, 18, Rue Louis-le-Grand, PARIS (IIe)

Ça valait la peine que j'en fasse une copie, non ?

Avant de quitter la vente du CNE, j'avais acheté pour l'offrir à Elen, un album de photographies faites par Izis accompagnées de poèmes de Jacques Prévert. C'est Prévert qui avait trouvé le titre de l'album : *Grand bal du Printemps*. Ce titre lui avait été donné par la photographie d'une palissade sur laquelle étaient collées deux affiches annonçant pour le 20 mars, de

21 heures à l'aube, à la mairie du XIVe un *Grand bal du Printemps*.

Elen aimait beaucoup la photo de couverture. C'était l'image d'une petite fille sur un cheval de manège. La petite fille s'appelait Minoute. C'était la fille de Prévert. On retrouve cette photo à l'intérieur de l'album. Prévert, qui pour chaque photographie avait écrit un poème, s'était discrètement effacé pour laisser la place à Marcel Proust : « [...] l'inquiétude que nous inspire pour l'avenir, la tendresse trop passionnée d'un être destiné à nous survivre. »

Lorsque nous nous sommes mariés, Elen avait apporté l'album avec elle. Il est aujourd'hui dans une partie de la bibliothèque où se retrouvent les livres dont nous nous sentions les plus proches.

La visite du musée Toulouse-Lautrec à Albi, est la dernière que nous avons faite ensemble. C'est un de nos grands souvenirs. Partis pour voir le musée, nous sommes restés plusieurs jours à Albi. Dans ce musée aussi nous sommes restés longtemps. Agréablement. On s'assoit, on regarde, on se donne la main. Nous sommes deux.

Lautrec était un peintre sur lequel je me suis souvent arrêté. Pourtant, avant cette visite, je n'avais qu'une connaissance partielle de son œuvre. Comme tout le monde, je connaissais les portraits de La Goulue, d'Yvette Guilbert, de Valentin le désossé, de Jane Avril, et bien entendu de Bruant. Mais là, d'en voir autant réunis, ce fut un choc. Ici, pas de paysage, ni de nature morte, mais des gens. Des gens dans le milieu où Lautrec avait délibérément choisi de vivre. De mener et de poursuivre une aventure qui lui était naturelle, celle de l'intérêt porté aux êtres qu'il regardait et écoutait avec bienveillance avant d'en faire le portrait.

Il m'apparut alors de retrouver dans ces portraits, auxquels s'ajoutent ceux dont je ne connaissais que des reproductions, et je pense à *Carmen*, à *Rosa la Rouge*, à la *Danseuse assise*, à *Polaire*, la chanteuse Polaire qui finira sa vie, misérable et solitaire à l'hôpital, qui avait dit à un journaliste venu la voir et s'apprêtant à partir : « Restez encore un peu, puisque c'est moi qui m'en vais », oui, il m'apparut de retrouver dans ces portraits ce que j'aimais dans les photographies que Walker Evans avait faites des familles Burroughs et Woods en 1936 en Alabama, ce que j'aimais dans celles de Robert Doisneau qui après avoir photographié des clochards, revenait les voir quelques jours après pour leur offrir des tirages.

Je ne sais plus si c'est avant, mais je pense que c'est plutôt après la vente-signature du Comité national des écrivains que j'ai acheté, sous forme de feuilles volantes et présentées par Francis Jourdain *Seize gravures en couleur* publiées par les éditions Cercle d'Art. Lorsqu'on ouvre la chemise cartonnée les contenant, juste après le texte, la première planche (c'est une lithographie) s'appelle *La Petite Blanchisseuse*. Elle est de Pierre Bonnard.

Alle avait, sous sa toque d'martre
Sur la butt'Montmartre,
Un p'tit air innocent ;
On l'app'lait Rose, alle était belle,
À sentait bon la fleur nouvelle
Ru'Saint-Vincent

On n'avait pas connu son père,
A n'avait pus de mère,
Et depuis mil neuf cent,
A d'meurait chez sa vieille aïeule
Où qu'a s'el'vait, comm'ça, tout'seule
Ru'Saint-Vincent.

A travaillait, déjà, pour vivre,
Et les soirs de givre,
Sous l'froid noir et glaçant
Son p'tit fichu sur les épaules,
A rentrait, par la ru'des Saules
Ru' Saint-Vincent.

Oui, Bruant encore et l'innocence encore avec cette petite blanchisseuse. J'ai longtemps cherché comment en parler, mais puisqu'elle est là, en pleine page, seule, avec un panier trop grand, trop lourd, restons avec elle, regardons-la. Avec douceur,

Bonnard
96

avec douleur. Et ne pas se dire que ce n'est qu'un tableau, ne pas cesser de penser qu'elle n'est qu'une petite fille. Une petite fille « qui travaillait déjà pour vivre ».

Pierre Bonnard avait mis dans cette image le meilleur de ce qu'il est.

Dans un ensemble de notes réunies par lui dans un cahier d'écolier, Bonnard avait écrit celle-ci : « Pose la 1re touche et va faire un tour. » Et c'est daté du 22 juin 1935. J'ai écouté Bonnard. C'est pourquoi une fois le tour fait, je vais recopier maintenant (en partie) ce que Francis Jourdain avait écrit dans le texte qui précède les seize gravures.

Après avoir parlé du flâneur attentif, du badaud optimiste qu'est Pierre Bonnard, il poursuit : « La petite blanchisseuse de cet heureux poète, est un exemple typique de ce qu'un observateur perspicace et souriant peut mettre tout à la fois de candeur et d'ironie, de malice et de bonté, dans le motif qu'il emprunte à la réalité apparemment la plus banale. » Et plus loin : « La gentillesse de Bonnard n'a d'égale que la rareté de son goût. Bonnard n'est jamais précieux. Il est toujours humain. »

« Lautrec… Bonnard… , écrivait ailleurs Francis Jourdain, ces deux inconnus m'appelaient, et j'avais hâte de répondre à leur appel ; ils m'ouvraient les portes d'un domaine ignoré. »

Aussi, la présence ici de Bonnard, suivant celles, successives, de Lautrec et de Jourdain n'est pas le fait du hasard.

Il y avait dans ces années-là (je veux dire les années 1940 et 1950), *Le Point*, une revue artistique et littéraire dirigée par

Pierre Betz et Pierre Braun, dont chaque numéro était épuisé peu de temps après sa publication. Par chance, j'ai chez moi le numéro consacré à Bonnard. C'est le numéro 24. Un des articles est signé Georges Besson (une des grandes plumes des *Lettres françaises*) et il nous apprend que c'est en 1909 qu'ils se sont connus. Mais Besson nous apprend surtout que Bonnard aimait à reprendre ses anciens tableaux. Et il nous raconte l'anecdote suivante : « Au musée de Grenoble, puis au Luxembourg, il lui arriva de guetter le passage d'un gardien d'une salle à l'autre, de sortir d'une poche une minuscule boîte garnie de deux ou trois tubes et d'un bout de pinceau, « d'améliorer » furtivement de quelques touches un détail qui le préoccupait. Et, son coup fait, de disparaître radieux comme un collégien. »

Avant de poursuivre, je vais faire un pas de côté.

Dans ma dernière lettre j'avais écrit qu'on ne demande pas à un peintre ce qui se cache dans ce qu'il fait. Cette réflexion m'était venue à la suite d'un film que nous avions tourné sur le peintre Pierre Alechinsky. Et j'en avais profité pour rappeler une histoire que tu m'avais racontée concernant Jean-Baptiste Corot. Je dois te dire que depuis, cette histoire a fait du chemin. Je ne vais pas la raconter une fois de plus, mais il me faut la résumer en quelques mots, faute de quoi je ne pourrais pas raconter celle qui suit.

Donc, un jour Corot va en forêt de Fontainebleau, travailler sur le motif comme on disait alors. Des promeneurs passent près de lui sans se préoccuper de ce qu'il peint. Sauf un, qui s'arrête, compare le paysage qu'il a devant lui avec ce que peint Corot et s'étonne auprès de lui. « Pardonnez-moi, lui dit-il, je reconnais le paysage, mais vous avez peint un étang que je ne vois absolument pas. » Alors Corot sans se retourner : « Il est derrière moi. »

Or dans la revue *Le Point* consacrée à Bonnard, j'ai trouvé sous la plume d'un certain René-Marie, une autre version de *L'Étang de Corot*, qui mérite aussi d'être racontée. Voici : « Je songe à la jolie réponse faite par Corot à l'ami qui le voyait un jour avec stupeur, alors que le cher admirable bonhomme faisait une étude en plein air, ajouter subitement un étang au paysage qu'il paraissait copier : « Mais Corot, où voyez-vous de l'eau ? Il n'y a pas ici la moindre mare. » « Il commence à faire bien chaud, répondit Corot, j'avais besoin d'un peu de fraîcheur. »

J'ai eu, tu t'en doutes, envie de savoir qui était ce René-Marie qui avait introduit cette histoire de Corot dans un article dont Bonnard était l'objet. J'ai vainement cherché sur Internet. Pas de René-Marie. Dommage, parce que là aussi, sur cette personne j'aurais aimé en savoir plus. Alors faute d'en savoir plus et pensant en avoir terminé avec Bonnard, j'ai remis la revue en place auprès des autres numéros de cette collection. Et comme il y avait là, parmi ces autres, celui sur les imprimeries clandestines avec des photos de Doisneau, ma curiosité sur cette période étant toujours assez vive, je l'ai sorti du rayonnage et j'ai commencé à le feuilleter. Je retrouvais dans le sommaire des noms qui m'étaient devenus familiers : Vercors, Georges Sadoul, Jean Cassou, et comme ce numéro avait été publié en mars 1945, la direction de la revue a pu, en toute liberté, ajouter cette note : « L'article de notre numéro 24 consacré à Bonnard signé René-Marie était de notre ami Francis Jourdain alors traqué par la Gestapo. » Quel plaisir j'ai eu à lire cette note ! J'ai du coup repris en main le numéro Bonnard et relu depuis le début l'article de Jourdain qui commence, ce qui aurait pu me mettre sur la voie de son auteur, par citer Lautrec. Voici ce début : « On prête à Henri de Toulouse-Lautrec une réponse laconique faite à un président de la République qui inaugurant je ne sais quel Salon, lui aurait demandé de s'expliquer sur l'art que lui, Lautrec et ses amis pratiquaient. "La peinture, monsieur le président, aurait-il répondu, ça se sent, mais ça ne s'explique pas." »

Pierre Alechinsky, déjà cité au début de mon pas de côté, dans *Roue libre* (1971) avait prévenu : « À la question : "Expliquez-moi votre peinture !", je lance : "Si je pouvais le dire, je ne le peindrais pas." »

Je peux revenir maintenant sur le problème des retouches évoqué plus haut.

Faut-il corriger une œuvre « terminée » ?

En peinture, oui, puisque Bonnard, bien qu'en cachette, et pour cette raison avec un plaisir redoublé, l'a fait. Autrement dit : un peintre est le seul qui puisse se permettre de dire que son œuvre est terminée. Et tu me connais assez pour savoir que s'il m'avait été donné l'occasion d'être présent au moment de « l'amélioration » faite par Bonnard, je l'aurais volontiers protégé des éventuels regards du gardien du musée.

Mais un livre ? Et un film ?

Pour un livre, une fois la correction des épreuves faite, on n'y touche plus[1]. Si, les coquilles. Mais pour cela, il faut attendre un second tirage ce qui n'est pas toujours le cas. Pour un film, c'est pareil. À ceci près qu'il y a toujours, en tout cas souvent, et en particulier au moment du montage, les inévitables discussions où chacun donne son avis. Mais après ? À quoi servirait de corriger les erreurs après avoir montré le film au public ? Pourtant c'est généralement au cours des projections publiques ou des diffusions qu'elles apparaissent à leur auteur. Ça m'est arrivé plusieurs fois, et comme rien ne m'oblige à toutes les raconter, je vais me contenter de donner un exemple pris dans un des films que nous avons faits ensemble et bien que toi, dans un courrier tu en aies dit du bien. C'est le film sur Marcel Proust dans la collection *Un siècle d'écrivains* dirigée par Bernard Rapp.

Il y a dans ce film, venant de moi, une erreur presque invisible, et c'est paradoxalement cette invisibilité qui me dérange.

---

1. Excepté Balzac. Dans le scénario, *Balzac, quelques traits de caractère*, tu avais dit : « Il n'y a pas une feuille de mes écrits qui n'ait exigé 17 à 18 épreuves » (lettre à Mme Hanska). Et aussi : « Chaque volume de *La Comédie humaine* lui rapportait quinze cents francs et lui coûtait 4000 francs à lire en épreuves. »

Lorsqu'on va au musée Carnavalet, on peut acheter une carte postale en couleur appelée *La Chambre de Proust* avec l'indication au verso : Mobiliers et objets personnels de l'écrivain.

Dans le dossier de préparation du film, j'ai retrouvé une feuille sur laquelle j'avais collé cette carte postale et noté pour moi : « C'était à peu près ainsi qu'était la chambre de Marcel Proust. C'est ce qu'on peut voir à Carnavalet tels que les meubles ont été mis en scène, mis en guide et protégés par une chaîne sur le quatrième côté de la chambre. »

L'absence de ce quatrième côté permet donc de voir à quoi ressemblait sa chambre et la présence de la chaîne interdisait aux visiteurs d'y pénétrer.

J'avais trouvé ça très bien cette présence d'une chaîne. Ça m'avait évité de préciser (ce que je trouve toujours pesant) que nous n'étions pas chez Marcel Proust, boulevard Haussmann, mais dans un musée. Aussi, cette chambre, je l'avais filmée en laissant cette chaîne bien visible. Et c'était là mon erreur, parce que face à un écran on regarde ce qui a le plus d'intérêt. Aussi je suis persuadé que pas une personne sur dix et peut-être même sur vingt n'a remarqué la présence de cette chaîne.

Ma faute n'est pas très grave, mais ce qui me dérange, c'est d'avoir laissé croire aux téléspectateurs qu'ils avaient réellement vu la chambre de Marcel Proust.

Comment éviter les erreurs? Je ne sais pas. Alors je me console en me rapportant au conseil donné par Blaise Cendrars, lu il y a longtemps, alors que je ne me posais pas encore toutes ces questions. Il disait, à peu près, que ce que l'on trouvait raté dans ce qu'on venait d'écrire, on le retrouvait corrigé dans les écrits suivants.

Mais est-ce que la mémoire de ce qui est raté nous protège des erreurs futures ?

Ces histoires de retouches et d'amélioration, de Bonnard à Cendrars, m'ont ramené à Pierre Bergounioux, qui à la fin de l'entretien fait en 1994, nous avait dit, avec sévérité à son endroit, quelque chose du même ordre :

« Lorsqu'il m'arrive, tout à fait par inadvertance, de retrouver des choses que j'ai pu écrire, ça me laisse un goût de cendres, ça n'était ni fait ni à faire, mais il fallait que je le fasse pour savoir que ce n'était pas à faire. C'est un peu la difficulté de cette vie que ce n'est que par essais et surtout par erreurs que nous progressons, et je ne vois pas que le travail de plume diffère sur ce point de n'importe quelle espèce de travail. »

J'écris à nouveau cette dernière phrase : « [...] et je ne vois pas que le travail de plume diffère sur ce point de n'importe quelle espèce de travail. » Elle me projette dans l'atelier de Monsieur Grynspan, mon premier patron, qui un jour que j'avais fait dans une veste pour dame des boutonnières du côté droit, dans sa sagesse m'avait dit : « Cette bêtise, tu ne la feras plus, mais malheureusement, pour moi, tu en feras d'autres. »

À cinquante ans de distance, chacun à leur manière, David Grynspan et Pierre Bergounioux disaient quelque chose de semblable.

L'évocation de Bergounioux m'invite à reprendre le rangement que j'avais commencé et abandonné.

Comme moi, tu as vu, et c'est un des plaisirs du rangement, que ce que l'on retrouve dans les revues, cahiers, agendas, lettres, que l'on a cru bon de garder, nous restitue parfois bien d'autres choses que ce que ces documents retrouvés étaient censés nous rappeler. Il m'est arrivé d'avoir eu l'envie de m'en arracher. À d'autres moments, d'en tourner les pages à en perdre la respiration. Et je me demande, pour des raisons que je ne veux pas encore creuser, si j'ai vraiment le désir d'en voir la fin. Je suis un peu, une fois encore, comme le personnage dessiné par Steinberg qui regarde derrière lui en continuant d'avancer.

Là où elles sont maintenant, les oreilles de mes patrons, en particulier celles de David Grynspan et d'Adolphe Knoplioch, doivent siffler souvent, et pas seulement quand je le décide. Tu te souviens peut-être que dans ma lettre précédente, je t'avais raconté un rêve dans lequel présentant au Mémorial de la Shoah le film *Vienne avant la nuit*, face au public venu m'écouter, avant même que je dise un mot, la table sur laquelle j'avais posé quelques notes s'était brusquement transformée en machine à coudre. Ce que tout le monde, moi compris, avait trouvé ça tout à fait naturel. Tellement naturel, que je me suis mis à piquer à la machine sous les acclamations du public.

Comme j'avais appris que dans le Talmud il est dit qu'un songe qui n'est pas interprété est comme une lettre qui n'est pas lue, j'avais, au moment où je t'avais raconté ce rêve, tenté d'en donner une interprétation que je ne vais pas rappeler ici.

Mais si je te rappelle l'existence de ce rêve, c'est qu'il est devenu prémonitoire. Annonciateur d'une rencontre publique qui, trois ans après, s'est tenue au MAHJ qui m'avait invité pour parler de *Par instants, la vie n'est pas sûre*.

La présence d'images dans ce livre (dessins et photographies), non pas comme illustration d'un texte, mais comme compagnonnage, a suggéré à Francesca Isidori qui animait la rencontre de la ponctuer par la projection sur grand écran de quelques-unes de ces images.

Vint le moment où elle projeta celle-ci :

RÉPUBLIQUE FRANÇAISE
MINISTÈRE DU TRAVAIL & DE LA SÉCURITÉ SOCIALE
DIRECTION DE LA MAIN-D'ŒUVRE

CERTIFICAT
de Formation Professionnelle des Adultes
N° 147.034

LE MINISTRE DU TRAVAIL & DE LA SÉCURITÉ SOCIALE

certifie que Monsieur Bober Robert
né le 17 Novembre 1931 à Berlin Allemagne
a effectué un stage au Centre de O.R.T. Montreuil Seine
dans la spécialité Confection Tailleur Dame
Coupeur - Gradueur
et a subi avec succès les épreuves de l'examen de fin de stage le 19 Janvier 1956

Fait à PARIS, le 16 MARS 1956

Le Ministre

Mention : Très . Bien

MINISTÈRE DU TRAVAIL ET DE LA SÉCURITÉ SOCIALE

À la vue de cette photographie, comme dans mon rêve, la salle qui jusque-là, s'était montrée intéressée, a éclaté en applaudissements. Et le plus épaté c'était moi. Je ne sais pas si dans la salle il y avait d'autres tailleurs ou d'autres anciens tailleurs, s'ils ont mêlé leurs applaudissements à ceux des autres spectateurs, leur surprise, mêlée sans doute à un peu de fierté, a certainement été aussi grande que la mienne.

Que tirer comme enseignement de ces deux moments ? Le rêve d'abord, le réel ensuite ? Eh bien, plus habitué à un ordre inversé, je n'en sais rien. Ça doit pourtant dire quelque chose. Et si j'ai réuni ces deux moments pour te les raconter, c'est que précisément j'espérais, en les écrivant, comprendre ce quelque chose, et ne pas me contenter du récit de ce rêve suivi de son presque réel.

Le Rav Hisda, toujours dans le Talmud, dit que les rêves ne veulent rien dire pour celui qui se réveille. C'est entendu, mais ce rêve, je l'avais fait bien des années avant.

Comme, bien que raconté, je n'avançais pas dans la compréhension de ce qui peut-être n'était pas si obscur, j'avais depuis un moment cessé de m'interroger.

Je suis pourtant, sans le vouloir, revenu dessus.

En feuilletant, comme je le faisais souvent, *Les Récits hassidiques*, ce livre de Martin Buber qui est le premier sur lequel nous avons travaillé ensemble pour la série *Lire c'est vivre*, le titre d'un de ses récits m'a presque avec émerveillement ouvert un chemin. Ce récit, Martin Buber l'a appelé *L'histoire qui voulait être racontée*.

Cette histoire, vécue par Rabbi Bounam (1762-1827), n'est pas une de celles qui furent commentées par nos lecteurs. Avant d'être désigné rabbi de Pjyzha (Pshiske en yiddish) Rabbi Bounam avait gagné sa vie comme marchand de bois d'abord, puis comme apothicaire. Homme doux, calme, homme de sagesse, jouant de la guitare et aux échecs, allant au théâtre, appréciant même l'ambiance des tavernes, s'exprimant en paraboles, il était aussi un conteur de talent.

Voici l'histoire : « Un jour, raconte Rabbi Bounam, je me sentis poussé à raconter une histoire, mais j'avais peur car une voix en moi profitant de mon hésitation, me soufflait : "Tous ces gens qui sont là qui t'écoutent, tu vas les perdre si tu racontes ton histoire, ils cesseront de te considérer comme un Rabbi." Cependant je ne pus réprimer l'histoire qui voulait être racontée et renonçai profondément à vouloir être et paraître Rabbi, puis je racontai mon histoire. Ce fut un énorme éclat de rire dans tout mon auditoire. Et tous ceux qui, jusque-là, étaient encore à distance, me donnèrent alors leur pleine adhésion. »

Voilà Pierre, ce que m'avait offert cette histoire. Tout comme elle voulait être racontée, mon rêve ne voulait pas rester un rêve, il voulait être vécu.

« À quoi ressemble votre mère ? voudra savoir quelqu'un ; et vous répondrez, Attendez, je vais vous montrer, en courant chercher dans un tiroir un album, avant de dire, C'est elle. Mais si vous n'aviez pas de photos de votre mère ou de quoi que ce fût de votre famille – ou encore de vous-même avant un certain âge ? Comment expliqueriez-vous à quoi vous, elle ou ils ressemblaient »[1] ?

« J'espère qu'ils ont pensé à sauver leur album de photographies. » C'est ce qu'avait dit Laura en arrivant au café Chez Victor à Bernard, le narrateur d'*On ne peut plus dormir tranquille…*, avec qui elle avait rendez-vous.

Ils ne s'étaient pas revus depuis que, dans ce même bistrot, ils avaient fait de la figuration dans *Jules et Jim* de François

1. Daniel Mendelsohn, *Les Disparus,* Flammarion, 2007, p. 235.

Truffaut. C'est Robert, l'assistant de Truffaut qui les avait réunis. Robert avait été leur moniteur en colonie de vacances. Laura et Bernard avaient alors treize ans.

Le jour du tournage, Truffaut leur avait demandé de s'embrasser lorsque la caméra en cours de travelling passerait devant eux. À la grande joie de Bernard qui, depuis qu'ils étaient adolescents était amoureux de Laura.

En souvenir de ce tournage, Bernard, arrivé le premier, s'était tout naturellement assis à la même table. C'est au cours de ce rendez-vous qu'il apprit par Laura comment Robert était devenu assistant de Truffaut, et qu'il avait compris que les baisers qu'ils avaient partagés, n'avaient été que des baisers de cinéma. Aussi, lorsque Laura décida de partir, il n'avait pas cherché à la retenir.

Resté seul, Bernard avait machinalement feuilleté un album que Laura lui avait offert en arrivant. C'était le catalogue de l'exposition de photographies *The Family of Man*.

Il s'arrêta sur une photo qui représentait une famille américaine de onze personnes réunies autour d'une aïeule assise sur un petit fauteuil à bascule. Peut-être à la demande du photographe, à moins que ce soit le désir de la famille, ces onze personnes prennent la pose adossées à un mur sur lequel sont accrochés quatre portraits d'ancêtres soigneusement encadrés. Deux hommes et deux femmes. Et si Bernard s'est particulièrement arrêté sur cette photo, c'est qu'il comprend que si elle a été prise précisément à cet endroit, c'est pour qu'il reste une image dans laquelle ils seront tous ensemble. Les vivants et ceux qui avaient vécu avant eux.

Bernard a alors repensé à Laura. Il savait que ses parents avaient été déportés. Il avait appris aussi que lorsqu'elle n'était encore qu'une petite fille, en maison d'enfants, elle avait dessiné des rides sur le visage de sa poupée et mis du rouge sur ses lèvres. Elle avait fait de sa poupée une adulte. On l'avait vue une fois essayer de se mettre dans les bras de sa poupée pour voir comment ça fait d'être dans les bras d'une mère. Et Bernard venait de comprendre pou,quoi Laura avait dit en arrivant à ce rendez-vous : « J'espère qu'ils ont pensé à sauver leur album de photographies. » Elle avait tout comme lui remarqué tout près du bistrot Chez Victor, à la hauteur du premier étage d'un immeuble, les traces d'un incendie récent.

C'est pour cette phrase dite par Laura, que j'ai tenu à citer en les résumant, ces deux moments d'*On ne peut plus dormir tranquille…*

Il y a beaucoup de chemins à prendre pour parler de la photographie. Par lequel commencer ? Par quel bout prendre ce qu'il y a à en dire ? Par les photos de classe, celles sur lesquelles on se penche et se demande « comment il s'appelle déjà celui-là ? Toi qui as lu tous mes livres, tu sais que dans chacun d'eux, à commencer par *Quoi de neuf sur la guerre ?*, la photographie est très présente. Dans *On ne peut plus dormir tranquille…* il y a dix pages (de la page 76 à la page 86) où il est question de photographies. Et dans *Par instants, la vie n'est pas sûre*, il y en a plus encore dont trente qui sont reproduites.

Dans *Autobiographie d'un lecteur*, tu as écrit qu'il y a des livres importants dont tu ne dis rien parce que leur monumentalité t'en dispense. Moi, il y en a au moins deux dont je pourrais dire la même chose. À ceci près que l'un, *Les Disparus*, est déjà cité au début de ce chapitre, et si je m'écoutais, je citerais toute la page qui suit. L'autre, dont je vais citer deux extraits, c'est *Les Émigrants* de W.G. Sebald. Sebald que j'ai eu la chance de rencontrer en 1999 à Strasbourg lors d'un séminaire consacré à la traduction. J'avais, sur ce livre, noté en fin de volume : pages 60 et 88, photos.

Extrait de la page 60 :

« Cet après-midi-là, je tournai et retournai les pages de l'album, d'avant en arrière, d'arrière en avant, et je n'ai depuis cessé de le refeuilleter car à regarder les photographies qu'il renferme, il me semblait effectivement et il me semble encore aujourd'hui que les mots reviennent ou que nous sommes sur le point de nous fondre en eux. »

Et page 88 :

« Un album de photos de ma mère qui m'était tombé entre les mains, contenait une série de clichés totalement inconnus de moi, représentant nos parents émigrés à l'époque de la république de Weimar. Plus j'étudiais ces photographies, plus je ressentais le besoin d'en savoir davantage. »

Les Émigrants s'ouvre sur la photographie d'un chêne.

Il y a soixante-sept photos reproduites dans ce livre, et comme chez Mendelsohn elles sont là pour authentifier le récit.

Il est difficile, après avoir recopié ces textes de ne pas être tenté d'aller retrouver des photos de sa propre famille. Pour certaines d'entre elles, si je lève le nez du bureau sur lequel j'écris, sur le mur qui me fait face, il n'y a que des photos de famille. Je n'ai pas connu, moi non plus, la plupart des personnes représentées sur ces photos, et pour savoir qui elles étaient, il faut que je regarde leur verso. Mais comme chez Mendelsohn, quelques visages sont sans nom. Parmi eux, des visages d'enfants dont je n'ai pas non plus les noms. Je n'ai qu'une certitude : c'étaient des membres de ma famille. Avant la guerre, ils habitaient en Pologne, en Allemagne ou en Autriche.

Sur les autres murs, là où se trouvent les livres, on voit plutôt des photos d'amis. Là aussi il y a des morts et des vivants.

Alors je commence par quoi ? Par les photos de classe que j'ai évoquées plus haut ? Je n'en ai pas. Excepté celle où je suis seul avec un livre en mains que je ne regarde pas puisqu'on nous demandait de regarder l'appareil photo. Mais j'ai mieux que des photos de classe. En tout cas des photos auxquelles je suis bien plus attaché. Elles sont dans une boîte sur laquelle j'ai écrit « Cadets et colos »[1].

---

1. « Les Cadets » était un mouvement regroupant les adolescents de la Commission centrale de l'enfance.

Son format, 12 × 18, rend l'utilisation d'une loupe obligatoire. Je ne me souviens pas de tous les noms. Loin de là. Chaque fois que je la regarde, je suis content d'y retrouver mon copain Zozo. Je ne me souviens toujours pas qui a dit que les photos sont souvent l'expression d'une absence, mais j'y pense chaque fois que j'ouvre cette boîte dans laquelle toutes ces photos sont regroupées.

Je regarde à nouveau le mur qui me fait face et sur lequel sont accrochées mes photos de famille. Je les regarde longuement probablement à cause de ce que je viens d'écrire. Et je me rends compte que la seule photo qui représente quelqu'un qui n'est pas de ma famille est celle où Georges Perec a été photographié avec son chat sur l'épaule.

Dans *Récits d'Ellis Island,* les derniers mots qu'il écrit dans le texte où il dit ce qu'est être juif pour moi sont ceux-là :

fragments d'oubli et de mémoire, gestes que l'on
retrouve
sans les avoir jamais vraiment appris, mots qui
reviennent,
souvenirs de berceuses,

photographies précieusement conservées :
signes d'appartenance sur lesquels se fonde son
enracinement dans l'Histoire, sur lesquels se forge
son identité, c'est-à-dire ce qui fait qu'il est à
la fois lui et identique à l'autre.

À quoi pensait Perec lorsqu'il a écrit ces lignes ?

Lorsqu'en 1975 j'ai tourné *Réfugié provenant d'Allemagne, apatride d'origine polonaise,* à Radom, sur les murs de ma chambre de l'hôtel Europejski, j'avais épinglé quatre photos. Deux de mon grand-père dont l'une où il porte l'étoile jaune, et, au milieu de ses camarades du Poale-Zion, organisation sioniste-socialiste dont il fut membre, deux photos de mon père.

J'avais avant mon départ de Paris enregistré mon père toute une soirée. Je lui demandais de me raconter le temps de sa jeunesse passée en Pologne. À regarder les photos qu'il avait devant lui, d'en parler, peut-être parce qu'il était enregistré, et peut-être parce que c'était la première fois, il me raconta avec une étonnante précision, comme s'il me les livrait, ses souvenirs qui depuis son départ de la Pologne au début des années 1920 étaient enfouis en lui. Et c'est ce récit que l'on entend pendant que la caméra glisse sur ces photos épinglées sur le mur de ma chambre d'hôtel.

La première partie du film *Récits d'Ellis Island* s'ouvre sur Georges Perec feuilletant un album composé d'images et de photographies. On y voit tout d'abord quelques cartes postales en couleur représentant la statue de la Liberté, des bateaux d'émigrants, le Blücher quittant Hambourg, le Patricia, le Westernland, la cale du Duca degli Abruzzi, le Pennlang, l'arrivée des émigrants dans l'île, des photos des membres de l'équipe de tournage, et au milieu des entassements de grilles et de montants de lits, des vieux projecteurs, des fragments d'échafaudages, une photo de Georges Perec écrivant sur une petite table des éléments du texte qu'il allait appeler *L'Île des larmes*.

Un peu plus loin dans le film, de retour sur les mains de Perec feuilletant l'album, juste avant de voir les photographies des personnes interviewées, il y a une photo de mon arrière-grand-père maternel, son châle de prière sur les épaules qui lors de la traversée attrapa le trachome et fut refoulé, une autre photo prise à Vienne en 1929 à l'occasion du soixante-quinzième anniversaire de ce même grand-père entouré de dix-neuf membres de sa famille et puis trois photos de la famille de Georges Perec. Mais ces trois photos ne sont plus dans l'album. Une fois le film fait et diffusé, nous les avons soigneusement décollées de l'album car Perec devait les rendre à sa cousine, Bianca, je crois, qui en avait la garde. Sur ces pages, vides aujourd'hui, il reste les traces de colle jaunies sur lesquelles j'avais écrit « Collection Perec ».

À la question, « à quoi pensait-il lorsqu'il a écrit ces lignes ? », je ne peux m'empêcher de penser que « les photographies précieusement conservées » sont aussi celles qui sont décrites dans *W ou le souvenir d'enfance*.

Le chapitre VIII commence par : « Je possède une photo de mon père et cinq de ma mère ». À la page 69, Georges Perec parle de ces photos : « La première a été faite par Photofeder, 47 boulevard de Belleville, Paris XIe. Je pense qu'elle date de 1938. Elle nous montre, ma mère et moi, en gros plan. La mère et l'enfant donnent l'image d'un bonheur que les ombres du photographe exaltent. Je suis dans les bras de ma mère. Nos tempes se touchent. »

« Beaucoup d'écrivains font semblant de tenir leurs œuvres en laisse, comme si leur vie n'avait pas de rapport avec leurs œuvres. Perec écrivain a toujours empoigné sa vie. *W ou le souvenir d'enfance* nourrit des photos de l'album. » C'est toi Pierre, qui avais écrit ça pour une émission qui a été diffusée le 7 février 1994. C'était la première de *Lire et relire*, une série qui faisait suite à la série *Lire et écrire*. L'exergue de cette première émission entièrement consacrée à Perec, reprenait ce qu'il avait écrit à la page 193 de *W ou le souvenir d'enfance* : « Je lis peu, mais je relis sans cesse, Flaubert et Jules Verne, Roussel et Kafka, Leiris et Queneau ; je relis les livres que j'aime, et j'aime les livres que je relis, et chaque fois avec la même jouissance, que je relise vingt pages, trois chapitres ou le livre entier : celle d'une complicité, d'une connivence, ou plus encore, au-delà, celle d'une parenté enfin retrouvée »[1].

Jacques Roubaud, que tu avais interviewé à l'occasion d'un film que nous avions réalisé sur Raymond Queneau, a écrit un livre, *La Boucle*, dans lequel il écrit : « La photographie a changé profondément la perception du souvenir d'enfance : l'enfance et la photographie ont maintenant un lien presque consubstantiel. » Et c'est dans ce texte que j'ai appris qu'il avait donné à un album de photos une définition qu'en raison de sa justesse, j'utiliserai désormais : « album de moments anciens ».

---

1. C'est en relisant, une fois l'écriture du livre terminée, que je me suis rendu compte que cette phrase de Perec est déjà présente à la page 68. Ainsi, même quand je ne le fais pas exprès, je cite et je recite les phrases que j'aime et j'aime les phrases que je recite.

Ce texte de Roubaud me rappelle une question que posait John Berger dans *L'Air des choses*[1]. Qu'utilisait-on, demandait-il, à la place de la photographie avant l'invention de l'appareil photographique ? La réponse attendue est : la gravure, le dessin, la peinture. Une réponse plus révélatrice pourrait être : la mémoire.

Je ne sais pas encore si je vais aller dans toutes les directions où la photographie m'invite à aller. La définition de Roubaud m'incite à rester un moment encore avec les photos de famille. Celles qui sont accrochées aux murs de mon bureau ont une présence rassurante. Les autres, dans lesquelles reposent aussi les souvenirs, parce qu'un album ne suffirait pas à les contenir toutes, sont logées dans une grande boîte. À l'abri. C'est une « boîte de moments anciens ».

J'ai cette boîte devant moi, ouverte. Comme tu l'as vu, c'est un moment que j'ai retardé. C'est que je suis seul. Alors que les photos de famille c'est précisément fait pour être regardé en famille. Il nous est tous arrivé après un repas pris en famille, une fois la table débarrassée, de sortir d'un tiroir l'album de photos parce qu'on se dit chaque fois que ça fait du bien de replonger dans le passé et s'y arrêter.

Seul, je sors les photos de la boîte une à une, comme sorties de l'ombre. Je prends mon temps. Je marque, là aussi, des temps d'arrêt. Je me surprends de m'entendre dire parfois un

1. John Berger, *L'Air des choses,* Éditions François Maspero, 1979.

nom à voix haute. Qui n'a pas effleuré, caressé du doigt, embrassé la photo d'un être aimé ?

Je reviens au début de ce chapitre au moment où j'évoque *On ne peut plus dormir tranquille...* Si dans ce livre je parle sur plusieurs pages de la présence de la photographie, c'est que la situation l'exige. Bernard, le narrateur, alors que sa mère est déjà partie au travail, trouve sur la table de la cuisine, un petit déjeuner tout préparé composé d'un jus d'orange et d'une baguette fraîche. Il sait que le beurre et le lait se trouvent dans le frigidaire et que le café dans la cafetière est prêt à être réchauffé. Sur un coin de la table, Bernard voit que repose une boîte à chaussures dans laquelle il sait que sa mère met les photographies de famille et il comprend qu'à la suite de *Jules et Jim* vu la veille au soir[1], elle a passé une partie de la nuit à les regarder, et que si la boîte n'a pas été rangée, ce n'est ni par oubli ni par négligence, mais pour que lui à son tour, regarde ces photos. La boîte était là comme pour l'inviter à retrouver un peu de son enfance, et peut-être à comprendre pourquoi elle avait été particulière. Et les photos que Bernard sort une à une, comme moi maintenant (alors que *On ne peut plus dormir tranquille...* est un roman) sont très exactement celles qui sont dans ma « boîte de moments anciens » :

---

1. C'est en revenant de la projection de *Jules et Jim* que la maman de Bernard lui apprend que lorsqu'ils étaient en Pologne, son père et celui d'Alex étaient très amoureux d'elle.

- La photographie des parents de Bernard, prise en studio au 32 rue de Ménilmontant, est celle de mes parents.

- Le coupeur de tiges au milieu de l'atelier de chaussures du 2 bis rue Julien Lacroix est mon père.

- Le vieux Juif à casquette avec l'étoile jaune sur la photo prise à Radom est mon grand-père paternel.

- La photo des mariés entourés d'une vingtaine d'invités est une photo du mariage de mes parents prise à Berlin en 1927.

- Le visage du petit enfant photographié dans un flou artistique de forme ovale, c'est moi.

Le réel ne fait pas irruption. Il est le socle indispensable sur lequel mon imaginaire vient s'appuyer. Ainsi, sans être tout à fait présent, il montre le bout de son nez, et survit en changeant à peine d'identité.

J'ai fermé la boîte comme à regret en me souvenant des moments où j'allais encore aux puces et que je voyais traîner des photos de famille, et je ne me consolais pas de savoir ces images abandonnées qui s'effaçaient de la vie, qui étaient séparées de ceux qu'elles représentaient et, chassées de la mémoire de ceux qui devaient en être les gardiens, étaient venues s'échouer sur les trottoirs de Saint-Ouen.

C'est en 1978, à l'occasion d'un stage, qu'il dirigeait à Loctudy, en Bretagne, que j'ai fait la connaissance du photographe Guy Le Querrec, membre de l'agence Magnum. Son rôle, pour ce stage, consistait à apprendre aux photographes dits de boutique, à sortir de leur studio, pour voir ce qui se passe ailleurs. Très vite, nous nous apercevons que nous avons, lui, avec les gens qu'il photographie, moi avec ceux que je filme, une démarche commune. Au retour du stage, il m'appelle. Il me raconte qu'il est invité le dimanche qui suit chez la famille Vaillant. Il avait photographié les mariages de leurs deux filles et se proposait, au cours de ce dimanche, de leur montrer les photos de ces mariages, photos qui avaient déjà été publiées, exposées, mais que la famille Vaillant n'avait pas encore vues. En toute innocence, il me parle de son désir de filmer cette rencontre afin d'en conserver une trace. Et le miracle a lieu. Quarante-huit heures après, grâce à l'équipe de l'INA avec qui j'ai l'habitude de travailler, sans repérage, à midi moins cinq, nous frappons à la porte de M. et Mme Vaillant. Le film tourné durant cette rencontre s'est appelé *Un repas de famille, un dimanche à Villejuif*.

Ce qui m'intéressait dans cette rencontre, ce n'était pas seulement de voir les réactions de la famille Vaillant face aux photos prises par Le Querrec, mais de prolonger par le reportage filmé quelque chose du reportage photographique.

Dans ce genre de tournage inattendu, où par conséquent nous n'avons aucune maîtrise sur le déroulement des événements, il faut s'attendre à l'imprévisible et l'accepter. L'imprévisible ce jour-là fut une surprise : le plaisir des retrouvailles, l'emportait très nettement sur la curiosité portée aux photos de mariage. Du coup, l'impatience s'était déplacée. Elle se devinait du côté de Le Querrec. Reporté à la fin du repas, le moment où circulèrent enfin les photographies provoqua bien naturellement des éclats de rire et fit resurgir quelques anecdotes oubliées. Cependant, visiblement déconcertés par les inhabituelles images de vie qui leur étaient présentées, les Vaillant allèrent très vite chercher l'album dans lequel se trouvaient, plus conformes, plus rassurantes, les photos où l'on pose pour le photographe. Je me souviens du « va chercher les albums DU photographe », dit par la maman.

Cette expérience, riche d'enseignements sur le regard que portent les gens photographiés sur leur propre image, nous donna l'envie (Le Querrec et moi) de réaliser une série de petits films sur le même principe en lui donnant pour titre *La Photographie hors cadre*.

En 1972, Gilles Peress, en reportage en Bretagne, apprend par un journal régional que le village de Saint-Guénaël va organiser une fête à l'occasion de la toute dernière moisson à l'ancienne. Gilles Peress va y passer la journée et fait des photos. À la vue de ces photos (elles sont consultables à l'agence Magnum) nous lui proposons de retourner ensemble à Saint-Guénaël pour voir ce qu'il en est.

Le contact fut pris. Tout le village allait être là. Et ce fut la fête. Une fête comme le village n'en avait plus connu depuis le dernier battage à l'ancienne. Et là aussi, il fallait s'y attendre, et plus visible encore que chez les Vaillant, il n'était pas question d'interrompre la fête pour regarder des photos. Au point que certains semblaient avoir oublié qu'ils étaient là aussi pour ça. Et lorsque enfin Gilles Peress commença à sortir les photos, nous l'avons vite compris, passées de mains en mains, elles n'étaient pas faites pour terminer leur vie dans un album. Elles se consommaient, comme le pain et comme le vin. Ces photos dans lesquelles ils ne se reconnaissaient que pour en rire, qui je crois, sans qu'ils en aient conscience allaient empêcher ces souvenirs de pâlir, ils n'avaient pas imaginé qu'on pouvait en faire des comme ça.

Les rires et les coups de coudes de connivence étaient souvent accompagnés de la nostalgie d'un temps où « l'on savait encore s'amuser ». Parfois, un visage était désigné d'un doigt et nommé parce qu'il n'était plus là. Comme pour s'en rapprocher.

À la fin, ils ont chanté *Quelle est belle ma Bretagne* et nous avons dansé. Et ce film n'a jamais été diffusé.

Comme ce n'est pas une raison de te priver de voir ce qui s'est passé au cours de ce dernier battage à l'ancienne, regarde cette photo (il y en a des dizaines d'autres valant celle-là) en prenant ton temps. Ce temps que la télévision n'a pas su prendre. Ce qui me renvoie une fois de plus à ce que dit Vincent Van Gogh dans une lettre à son frère Théo : « Lorsqu'on te dira que cela est trop vite fait, tu pourras y répondre qu'eux ont trop vite vu. »

Le film sur la famille Vaillant regardant les photos de mariage a eu plus de chance. Mais à peine. Il a été diffusé le 8 août 1985 sur Antenne 2. Soit sept ans après sa réalisation.

Je n'ai pas revu ces deux films depuis leur réalisation et je n'en possède pas de copie, mais je crois me souvenir qu'ils commençaient par cette phrase de Guy Le Querrec :

« Les gens sont pour quelque chose dans les photographies qu'on prend d'eux, ce n'est tout de même pas de la gouache qu'on ramasse sur une palette pour l'étaler sur la toile. »

Comme tu connais bien le film que j'ai tourné sur la rue Vilin et qu'en plus j'en ai longuement parlé dans ma dernière lettre, je ne vais pas m'y attarder. Si je n'en fais pas tout à fait silence dans ces pages où il est fortement question de photographies, c'est que pour ce film, plus de cinq cents photos de la rue Vilin me sont passées entre les mains.

Cette rue Vilin, je l'avais repérée en 1961 lorsque François Truffaut m'avait demandé de faire le repérage parisien pour *Jules et Jim*. L'emplacement du bistrot *Le repos de la montagne* était tentant. Situé au pied de l'escalier par lequel se terminait la rue, aucune voiture ne pouvant passer devant, pour un film dont l'action se déroulait au début du XXe siècle, c'était un avantage appréciable. Mais, après avoir découvert au bout de l'impasse Compans le bistrot *Chez Victor* qui apportait bien plus d'avantages, j'avais laissé tomber.

La rue Vilin, je l'ai revue en 1967 en tournant un film sur la Petite Ceinture, ce train qui faisait le tour de Paris et qui transporta en 1900 trente-neuf millions de passagers. C'était, il est vrai, l'année de l'Exposition universelle.

En 1967, le transport des animaux était une de ses dernières et principales activités. Veaux, vaches et moutons pour la Villette, les chevaux vers les abattoirs de Vaugirard.

J'avais écrit pour ce film : « J'aime bien l'idée d'explorer Paris par le truchement de la Petite Ceinture. Elle me permet de retrouver ce que je connais. Je n'explore donc pas. J'essaie seulement de faire attention. J'en profite pour me demander ce que j'aimerais retrouver pour finir cette promenade. Quelque chose que j'aimerais que l'on voie sur l'écran uniquement parce que la marche du train peut me servir de prétexte à faire attention un peu plus à chaque fois. »

Cette même année (1967) attiré par son titre, j'avais acheté dès sa parution, *Courir les rues*, un livre de poèmes de Raymond Queneau[1]. À la page 69, dans un poème intitulé *Îlot insalubre*, il y avait ces vers :

Avis d'appel d'offres
Travaux de démolition
Îlot insalubre n° 7
(Il n'y a que pendant les guerres que s'élucubre
la démolition des îlots insalubres)

1. Raymond Queneau, *Courir les rues*, Gallimard, 1967.

l'atoll en question baigne dans la rue des Couronnes,
la rue Julien-Lacroix
la rue d'Eupatoria, la rue de la Mare et le passage
Notre-Dame-de-la-Croix
faut que j'aille voir avant que tout ça ne disparaisse

La lecture de ce poème au moment du tournage étant toute récente, c'est donc tout naturellement que dans le texte que j'écrivais sur la Petite Ceinture (le train ne passait pas loin et une station s'appelait Ménilmontant), on trouvait ces lignes : « Tournant le dos aux HLM construits sur l'emplacement du passage Notre-Dame-de-la-Croix (classé îlot insalubre n° 7), l'œil s'attend à trouver quelques matelassières dans ce village de Ménilmontant. Ici, François Truffaut tourna *Jules et Jim* et Jacques Becker *Casque d'or*.

Ce n'est qu'en 1975, en lisant (à la suite d'un article de Jean Duvignaud paru dans le *Nouvel Observateur*) *W ou le souvenir d'enfance* que j'ai appris tout à la fois que Georges Perec avait vécu avec ses parents les six premières années de son enfance au n° 24 de la rue Vilin, et que (je recopie) : « Depuis 1969, je vais une fois par an rue Vilin, dans le cadre d'un livre en cours, pour l'instant intitulé *Les Lieux*, dans lequel j'essaie de décrire le devenir, pendant douze ans, de douze lieux parisiens auxquels, pour une raison ou pour une autre, je suis particulièrement attaché. »

C'est le 11 octobre 1975, chez des amis communs (Peter Kassovitz, Chantal Rémy) que j'ai fait la connaissance de

Georges Perec. Heureux d'être là, je voulais – timidement – lui dire à quel point la lecture de *W ou le souvenir d'enfance* m'avait marqué. Mais lui, ayant appris que je m'apprêtais à tourner un film en Pologne [1], et voulant en savoir plus, a très vite tourné la conversation vers ce projet. La suite : projection du film fait, son désir que nous fassions un film ensemble, le tournage à New York des *Récits d'Ellis Island*, tout ça je l'ai beaucoup raconté. Ce que l'on sait peut-être moins, c'est que le lendemain de sa mort, je suis allé rue Vilin (je ne savais pas quoi faire d'autre). La pioche des démolisseurs qui avait entrepris la destruction de la rue, achevait d'abattre les numéros 16-18-20-22 et 24.

En 1974, Perec avait écrit : le 24 encore debout
En 1975 : Travail = torture
Sur un des panneaux en ciment qui couvre
la presque totalité du côté impair de la rue.
27.9.1975
vers 2 heures du matin

Ce qui m'avait frappé lorsque j'ai fait ce film sur la rue Vilin, alors que Perec avait écrit : « je recommence chaque année ces descriptions », c'est que d'année en année ses descriptions étaient de plus en plus brèves. Comme si son projet n'avait alors pour seul but non plus de décrire les lieux, mais de les désigner.

---

1. *Réfugié provenant d'Allemagne, apatride d'origine polonaise*, 1975.

Le 2 décembre 1972, dans *Vilin, souvenirs* cette fois, parlant du n° 24, Georges Perec avait écrit : « C'est seulement récemment, et dans les années mêmes où toute vie va disparaître de cette rue, que j'ai commencé à identifier cette maison. » Et c'est ce qui m'avait amené à écrire ces lignes : « Identifier cette maison la sachant condamnée, pouvoir dire encore une fois : "le 24 encore debout". Dire ce qui est là devant ses yeux, le coucher sur le papier, c'est faire résonner les noms absents. La seule urgence c'est nommer pour sauver de l'oubli. »

J'ai rappelé il y a quelques pages que Perec avait écrit : « Je lis peu, mais je relis sans cesse, Flaubert et Jules Verne, Roussel et Kafka, Leiris et Queneau… » C'est pourquoi je ne peux imaginer Perec, lecteur assidu et familier de Queneau, ne pas avoir lu *Courir les rues*, le livre de poèmes dont je t'ai parlé plus haut. Mais je peux l'imaginer le lisant, arrivant à la page 69. Bien sûr, il ne doit pas savoir à quoi correspond l'îlot insalubre n° 7, mais il doit se souvenir, pour y être passé avec des amis qui habitaient tout près, que la rue Vilin se trouve précisément là, commençant rue des Couronnes, que la rue Julien-Lacroix la croise puisqu'il l'a écrit, et que le passage Notre-Dame-de-la-Croix qui débouche sur la rue Vilin est déjà tout démoli. Et cela, je ne vois pas comment il peut l'oublier lorsqu'en 1969 il commence la description des douze lieux parisiens auxquels il était particulièrement attaché[1].

1. Ça aussi, sous une autre forme, je l'avais raconté dans *Quoi de neuf sur la guerre ?* Lorsque persiste un souvenir…

Grâce à un époustouflant et méticuleux travail entrepris par Jean-Luc Joly, toutes les descriptions faites par Perec racontant le temps que dura cette aventure (lieux réels et souvenirs) viennent d'être publiées sous le titre *Lieux*.

Dans une éclairante préface à cet ouvrage, Claude Burgelin s'interrogeant sur les causes en 1975 de l'abandon par Perec de ce projet, parle avec raison d'un phénomène d'usure. Mais il ajoute : « Autant il est saisissant de voir, description après description, la rue Vilin subir cette destruction, autant pour d'autres déplacements, peu de choses bougent durant ces années. »

Pour l'année 1972, à la date du 5 novembre, face aux numéros 21-14-15-13-11-7-32 et 34, Georges Perec avait écrit : Détruit. Et puis : après le 27 plus rien, après le 36 plus rien.

Pour l'année 1974, à la date du 21 novembre, ses descriptions tiennent en quelques lignes.

« Faut que j'aille voir avant que tout ça ne disparaisse » avait écrit Queneau. Georges Perec est allé voir avant que tout ça ne disparaisse et je crois bien qu'il a cessé d'aller voir avant que tout ça ne disparaisse.

Depuis, cet îlot qui était classé insalubre est devenu un espace vert et on lui a donné le nom de parc de Belleville.

Il y a une vingtaine d'années j'avais eu l'idée de faire installer dans ce parc, entre la rue des Couronnes et le carrefour des rues Piat, des Envierges et du Transvaal (aujourd'hui appelé belvédère Willy Ronis) une série de panneaux sur lesquels on retrouverait[1] des photographies de la rue Vilin. La dernière serait celle-ci. Elle est de René-Jacques. C'est la seule, à ma connaissance, faite sous la neige.

1. C'est à dessein que j'utilise le conditionnel.

Ces photos ne seraient pas choisies parmi celles qui racontent la démolition lente et systématique de la rue, et qui sont les plus nombreuses, mais parmi celles où l'on voit comment les gens vivaient, comment ils travaillaient, comment les enfants y jouaient. Ce que Perec appelait le banal, l'habituel, l'ordinaire, ce qui se passait tous les jours.

« J'aimerais qu'il existe des lieux stables,
immobiles, intangibles, intouchés et pres-
que intouchables, immuables, enracinés ; des
lieux qui seraient des références, des points
de départ, des sources :

Mon pays natal, le berceau de ma fa-
mille, la maison où je serais né, l'arbre que
j'aurais vu grandir (que mon père aurait
planté le jour de ma naissance), le grenier
de mon enfance emplie de souvenirs intacts…

De tels lieux n'existent pas, et c'est
parce qu'ils n'existent pas que l'espace de-
vient question, cesse d'être évidence, cesse
d'être incorporé, cesse d'être approprié. L'es-
pace est un doute : il me faut sans cesse le
marquer, le désigner ; il n'est jamais à moi,
il ne m'est jamais donné, il faut que j'en fasse
la conquête.

Mes espaces sont fragiles : le temps va
les user, va les détruire : rien ne ressemblera
plus à ce qui était
[...]

L'espace fond comme le sable coule en-
tre les doigts. Le temps l'emporte et ne m'en
laisse que des lambeaux informes :

Écrire : essayer, méticuleusement de rete-
nir quelque chose, de faire survivre, quelque
chose : arracher quelques bribes précises au
vide qui se creuse, laisser, quelque part, un
sillon, une trace, une marque ou quelques
signes. »

C'est ainsi que se termine *Espèces d'espaces* écrit à Paris en 1973-1974. Ces pages Perec les avait titrées : l'espace (suite et fin).

Ces deux mots : suite et fin, à les écrire, m'ont rappelé que jusque dans les années soixante le mot FIN s'inscrivait encore sur la dernière image des films.

Dans l'entreprise commencée par Georges Perec en 1969 qui consistait à décrire chaque année et pendant douze ans le devenir de douze lieux parisiens, préoccupé par le tournage d'*Un homme qui dort* avec Bernard Queysanne, il a sauté l'année 1973. Mais la rue Vilin n'est, cette année-là, pas absente pour autant. La toute dernière image du film, dont on sait maintenant qu'elle a été tournée de la seule initiative de Perec, montre, vu du carrefour des rues Piat, des Envierges et du Transvaal, un homme seul de dos, descendant la rue Vilin dont il ne reste rien. Et dans cette image où la vie n'est plus là je ne peux m'empêcher de voir le mot FIN.

J'ai passé une journée entière à lire et à regarder l'album de photographies que Robert Coles – Prix Pulitzer – a consacré à Dorothea Lange[1]. Dans ses notes, évoquant sa photo la plus célèbre légendée : « La soupe populaire de l'Ange blanc, San Francisco, 1932 », Dorothea Lange avait écrit : « Je l'ai faite le premier jour où je suis allée dans un quartier à propos duquel on m'avait dit « Oh ! n'allez pas là-bas ! ». C'est le premier jour où j'ai réellement pris une photo dans la rue. Coles, dans ce même livre, parle aussi de William Carlos Williams. « Écoutez, disait Williams, voyez, et faites attention s'il vous plaît. » Il ne faut pas croire pour autant que Williams était photographe. Il était médecin. De ceux qu'on appelait « docteur des pauvres ». Après une visite, en partant, il laissait derrière lui des échantillons gratuits envoyés par des laboratoires pharmaceutiques. Sur

1. *Dorothea Lange, photographies d'une vie*, Éditions Könemann, 1998.

le docteur Williams, Robert Coles nous en dit plus encore, comme si en le faisant, il nous disait comment Dorothea Lange photographiait.

Tu le sais, j'aime bien rester avec un livre que j'ai aimé. Cet album sur Dorothea Lange ça fait deux jours qu'il est sur mon bureau. En couverture, il y a la photo *Migrant Mother, Nipoma, Californie*. Je crois qu'il va rester là encore quelque temps avant de retrouver sa place dans ma bibliothèque. Il y a des images qui nous demandent d'attendre, de rester encore un peu avec elles, de prendre la peine de les regarder plus longtemps.

Tourner les pages d'un album de photographies réserve parfois de belles surprises et nous restitue d'autres choses que celles que nous allions chercher. C'est en tournant les pages du catalogue de l'exposition *Family of Man* que j'étais tombé sur cette photo de notre ami Doisneau prise au jardin du Vert-Galant. Que raconte cette photo ? Aux autres, je ne sais pas. À moi, c'est l'image simple et douce des journées passées avec Elen dans ce jardin.

Que se passe-t-il de particulier dans cette photo ? Que montre-t-elle ? Si je ne me sentais pas concerné, je pense que je m'arrêterais sur les regards : un gardien de square regarde une dame qui regarde de l'autre côté de la grille un jeune couple qui s'embrasse. Il y a un enfant debout sur un banc (certainement l'enfant de cette dame puisqu'elle a un jouet posé à ses pieds). L'enfant, lui, regarde ailleurs.

Ce jardin est situé au milieu du Pont-Neuf. En contrebas. Pour y accéder, il faut descendre des marches. Un quai entoure le Vert-Galant qui forme la pointe ouest de l'île de la Cité. Côté rive droite du Pont-Neuf, on reconnaît la Samaritaine. Côté rive gauche s'ouvre la rue Dauphine. C'est là qu'Elen demeurait. Au numéro 16. D'où nos fréquentes visites à ce jardin saluées par le gardien qui nous reconnaissait. Nous lui rendions son salut d'un sourire.

Elen habitait encore rue Dauphine lorsque parut *The Family of Man*, et à regarder cette photo de Doisneau il s'est établi un étrange va-et-vient entre ce couple qui s'embrassait et celui que nous formions.

C'est une photo dans laquelle petit à petit nous sommes rentrés. Nous y étions bien. Elle ressuscite des instants heureux. Elle est une image devenue photo de famille sur laquelle je veille, et je remercie Robert Doisneau de « nous » avoir photographiés échangeant un baiser.

« Que savons-nous d'une photographie ? »

C'est le titre d'un projet qui m'avait été refusé et dont je t'ai parlé à plusieurs reprises.

Une des photographies qui figurait comme exemple dans ce projet est décrite dans *Quoi de neuf sur la guerre ?*. Elle avait été prise par Robert Capa et légendée : « Londres, janvier-février 1943 ». Un soldat américain avec des orphelins de guerre « adoptés » par son unité.

Le narrateur de *Quoi de neuf...*, Raphaël, dit que cette lecture d'une photographie, s'il l'avait entreprise à un moment où faire des photographies semblait n'avoir plus grand sens pour lui, elle l'aurait singulièrement aidé dans l'exercice de sa profession. Il promet de recommencer.

J'ai tenu la promesse faite par Raphaël. J'avais pour ça quelques bonnes raisons. Beaucoup de photographies sont citées ou décrites dans ma dernière lettre.

Mais il y avait dans mon projet quelque chose qui me tenait à cœur et qui n'est pas toujours présent dans mes descriptions : ce sont les légendes. Ce n'est pas que les photos en aient toujours besoin, c'est nous qui en avons besoin.

Notre mémoire, ce que nous savons de l'histoire, ne nous permet pas toujours de savoir très précisément ce que raconte une photographie.

On imagine mal ne pas être touché par la photo du petit garçon juif aux bras levés du ghetto de Varsovie ou par celle de la petite Vietnamienne courant nue sous les bombes, même si on ne sait rien de ces événements. Mais c'est parce que nous savons ce que furent le ghetto de Varsovie et la guerre du Vietnam que nous sommes bouleversés à tout jamais. C'est je crois, comme on le verra plus loin, ce qu'a compris Éric Vuillard.

Je t'avais parlé de ma surprise au moment du montage de *Vienne avant la nuit*, face aux producteurs qui, prisonniers de la croyance de la suprématie de l'image sur le son, ne parvenaient pas à écouter ce qui était dit. Ça parle ! Ça parle ! me disait-on. Je t'avais dit aussi que c'est malheureusement, seulement une fois le film terminé que j'avais découvert *Sagesse des sens*, un livre de Catherine Chalier.

Dans un chapitre qu'elle avait intitulé « Lever les yeux » et un autre « Tendre l'oreille » il y avait de quoi, concernant la présence du texte, réfuter toutes leurs théories. Par exemple : « L'oreille entend à ce qui s'offre à son écoute, comme les yeux voient ce qui se découvre à leur regard. » Ou encore : « Ni le texte biblique ni la tradition hébraïque n'opposent purement et simplement l'écoute à la vision mais ils engagent à les penser ensemble. »

À la parution de *Par instants…* largement illustré, le même phénomène s'est reproduit. Mais à l'inverse. Ce sont les images qui, cette fois, bien que sans équivalence avec la violence du rejet des mots dans le film, ont été, non pas rejetées, mais auxquelles, m'a-t-il semblé, il a été, par beaucoup de lecteurs, porté assez peu d'attention. Plus que surpris, j'en étais attristé, désemparé. Et j'ai repensé au « tu pourras y répondre qu'eux ont trop vite vu » de Van Gogh.

Si je t'ai parlé d'Éric Vuillard, c'est que comme chez Mendelsohn, comme chez Sebald, beaucoup de photographies parcourent *Tristesse de la terre*, publié chez Actes Sud en 2014.

C'est en 2017 que j'ai fait la connaissance d'Éric Vuillard. Il venait d'obtenir le Goncourt pour *L'Ordre du jour*[1] au moment où *Vienne avant la nuit* sortait sur les écrans. La rencontre était inévitable. L'amitié a suivi.

Les photos reproduites dans *Tristesse de la terre* évoquent le massacre des indiens Sioux. « Regardons, écrit Éric Vuillard, oui regardons de tous nos yeux, de toutes nos forces… Et ceux-là, sur cette photographie, ils n'ont plus de chez eux, et plus beaucoup de souvenirs… Regardons-les encore, au moment où leur histoire s'achève, et où commence la nôtre »[2].

---

1. Éric Vuillard, *L'Ordre du jour*, Actes Sud, 2017.

2. Les photos reproduites dans *Tristesse de la terre* proviennent des bibliothèques américaines.

Alors, me sentant moins seul, c'est tout naturellement que je lui ai demandé s'il voulait bien m'accompagner dans ces pages qui parlent de photographie. Il m'a répondu avec ces photos. Des photos dans lesquelles il rentrait en les racontant, et qui disent aussi quelque chose de l'Histoire.

« Il y a longtemps, je suis tombé sur une photographie de Jean Moulin enfant. Une chose m'a frappé, banale, instructive, la vie de Jean Moulin est si incorporée à son image, si inséparable aujourd'hui de la Résistance, qu'elle tient, sans que l'on s'en avise, par une évidence compréhensible, entre juin 1940, le moment où il refuse de signer le protocole rédigé par des offi-

Guy Le Querrec a également photographié la commémoration du centième anniversaire de Wounded Knee. Voici ce qu'en dit Jim Harrisson : « Le parcours de la mémoire de Big Foot, organisé afin de commémorer le centième anniversaire de Wounded Knee a eu lieu au mois de décembre 1990, par un froid terrible : il a fait jusqu'à moins cinquante degrés pendant des jours et des jours. Je trouve passablement ironique que ce soit un Français qui ait pris les plus belles et les plus authentiques photographies des Indiens d'Amérique que j'ai jamais vues. Guy Le Querrec a l'œil splendide d'un tragédien. » Le livre de photos de Le Querrec *Sur la piste de Big Foot* est publié aux Éditions Textuel.

ciers allemands qui incrimine une troupe de tirailleurs sénégalais de prétendues atrocités commises envers les civils, et sa mort en juillet 1943. Sa vie dure trois ans. Mais, on le sait bien au fond, en dépit de la force d'évidence du mythe, Jean Moulin a vécu quarante-quatre ans, et parmi ces quarante-quatre ans, il y a la Résistance, la vie professionnelle, la vie étudiante, et, tout au bout, l'enfance. Jean Moulin a été enfant. C'est face à cela que l'on se retrouve lorsqu'on tombe sur cette photographie aujourd'hui célèbre de Jean Moulin, on se retrouve devant *l'enfance*. Mais si cette enfance suscite aussitôt des transferts, si le résistant mythique est aussitôt ajusté à l'enfant ; elle suscite également une surprise, un écart, un doute. Qui est cet enfant qui deviendra Jean Moulin ? Peut-on reconnaître Jean Moulin dans cet enfant, le prédire, le conjecturer ? En reculant pas à pas jusqu'à ce visage, cette allure, peut-on y mettre Jean Moulin ?

Avant de tenter de décrire la photographie, racontons ce que nous savons de lui, pas de l'adulte, seulement de l'enfant, plaçons-nous en amont du mythe, sans vouloir ni le reproduire, ni le corriger. Essayons de nous en tenir à un enfant. Voici les premières appréciations que l'on trouve sur ses bulletins de *classe enfantine* : "Jean est un bon petit élève sage et appliqué. Les progrès obtenus durant ce trimestre sont très satisfaisants." Au deuxième trimestre : "Jean est un bon petit élève. Depuis sa rentrée, il s'est remis au travail avec entrain et promet de donner beaucoup de satisfactions." Enfin, au troisième trimestre : "Jean est un enfant sage et appliqué. Les progrès obtenus durant ce trimestre sont très satisfaisants." En deuxième année : "Bon trimestre. Les progrès en lecture, écriture, récitation, calcul sont très satisfaisants. Je suis contente de mon petit Jean." Deuxième trimestre : "Très bon petit élève studieux, appliqué. Les progrès en lecture, écriture, récitation, calcul sont très satisfaisants. Je suis contente de Jean." Enfin, au troisième trimestre : "Bon travail depuis quelque temps. Jean s'est remis courageusement au travail pour réparer les quelques défaillances du commencement du trimestre. Il faut que Jean soit, l'année prochaine, un des premiers élèves de sa classe."

Voici pour la petite enfance, cette vie avant la lecture, avant l'écriture, cette période qui pour les enfants semble si longue, durant laquelle, insensiblement, notre mystère cristallise, où il se décide quelque chose en nous que nous ignorons, et qui restera pour chacun une occasion de tendresse, de mystère et de regrets.

Si l'on regarde la photographie de Jean Moulin sur les épaules de son père, on comprend aussitôt qu'il s'agit d'une sorte de mise en scène. Jean Moulin prend un air faussement sérieux de figure de proue, et son père un air goguenard, mais résolu. Par-delà le jeu évident, ce que l'on devine c'est une véritable vie de famille, une complicité ; les témoignages corroborent cette impression, les membres de la famille Moulin s'aimaient. Le fait que Jean Moulin se tienne sur les épaules de son père est évidemment une image d'Épinal, "le digne successeur", mais c'est aussi une mise en scène moderne, une légère entorse à l'autorité, un indice d'originalité. Le père non seulement accepte mais encourage, promeut, d'une manière bonasse, avec une réprobation feinte, l'atteinte flagrante à son rôle. Mais la réprobation feinte, le fait que la mise en scène soit si ostensible, confirment la souveraineté du père, une souveraineté tempérée, juste. Quant à Jean Moulin, cela lui confère un avenir, juché sur les épaules de son père, il regarde au loin.

Mais en réalité, il manque quelqu'un sur cette photographie. Sur la photographie complète, à gauche, une jeune femme, une cousine peut-être, se tient debout et regarde au loin, elle aussi. Alors que signifie cette mise en scène, que signifie cette suppression ? Est-ce qu'on a tronqué cette photographie depuis la guerre, afin de se concentrer sur Jean Moulin, le héros national ?

Une enquête sommaire semble indiquer que la photographie aurait été prise par la sœur de Jean Moulin, et que cette version tronquée serait en réalité l'un des premiers tirages ; et l'on se prend alors à imaginer que par affection pour son petit frère, et parce que ce fragment de la photographie possède à lui seul une signification cohérente, une sorte de consistance affective et symbolique que n'a pas la photographie complète, on peut se prendre à rêver que c'est Laure Moulin, elle-même, qui serait à l'origine de cette version, qui aurait pour ainsi dire effacé l'autre silhouette, la jeune fille, de la photographie, afin de resserrer l'image sur son petit frère, sur cette complicité profonde où se devine l'antagonisme supposé des pères et des fils, avec une dose très grande de lucidité et d'humour, et cette impression devenue classique, mais qui reste toutefois émouvante, que le père reconnaît à son fils, en le juchant sur ses épaules, la possibilité logique de voir plus loin que lui. Mais ce n'est sans doute pas le fils à proprement parler qu'on a mis au centre de la version tronquée, et qui est le sujet réel de la photographie, celui qu'on a mis au centre symbolique de la photographie, c'est l'enfant. Comme dans vos livres, où je crois toujours entendre la rumeur d'une école, les cris, les rires, les enfants qui courent, le ballon qui cogne sur le mur. J'aime la rumeur de leurs jeux, leurs voix dont je ne comprends pas les paroles. Vos livres me semblent répercuter cette rumeur sans paroles, ce mystère de l'enfance, c'est l'une de leurs beautés. Comme si quelque chose de l'enfance, des usages enfantins, en deçà de la culture, charriait avec lui toutes les voix, même celles des disparus, dans une immense égalité première, et qu'à travers cette rumeur de l'enfance, nous pouvions encore entendre Henri Beck, votre camarade de classe, votre ami.

Dans son livre, Laure Moulin raconte que tandis qu'on torturait son frère, Barbie lui aurait tendu un papier et un crayon afin qu'il écrive les noms de ses complices. Il n'écrivit rien. Mais il se signala une dernière fois depuis sa passion la plus profonde, la plus lointaine, la plus intime aussi. Ce fut l'enfant qui répondit. Celui de la photographie. Il fit une caricature de son bourreau. Son dernier acte d'insubordination fut un dessin. »

Essayons de nous en tenir à l'enfance, écrit Éric Vuillard. C'est ce qu'il a fait. Admirablement. Et je veux le remercier ici du chemin qu'il a pris pour me parler de mon ami Henri Beck.

Je suis resté quelques jours sans écrire. C'est le souvenir d'une phrase qui a pris l'initiative de m'y remettre : « Me v'là parti pour je sais pas où ! » C'était dans les années 1950 à Honfleur. Un pêcheur déchargeait le produit de sa pêche et je l'avais photographié au moment où il se saisissait d'un thon de grande taille. Alerté par le clic de mon vieil Agfa il a levé la tête. C'est là qu'il a dit me v'là parti pour je sais pas où. C'était dit sans l'ombre d'un reproche. Il avait même esquissé un sourire. Il ne savait pas et je ne savais pas non plus qu'il venait de m'apprendre quelque chose.

Alors que raconte ce souvenir ? Qu'il ne faut pas photographier les gens à leur insu ? Que fait-on alors – entre autres – des admirables photographies de Cartier-Bresson ? Je n'ai évidemment pas de réponse. Mais je crois, oui, je crois que ce qui compte c'est de se poser des questions. Inlassablement. Ne pas chercher à s'en échapper. C'est ce que ce simple « me v'là parti pour je sais pas où » m'a aussi appris.

Il y a dans *Le Livre des questions* d'Edmond Jabès[1], revenu de sa propre initiative, un court dialogue qui dit ça très bien :

« Que tirerons-nous de ces questions ? Que tirerons-nous de toutes les réponses qui nous entraîneront à poser d'autres questions, puisque toute question ne peut naître que d'une réponse insatisfaisante ?

– La promesse d'une nouvelle question[2]. »

Je n'ai pas eu à ouvrir le livre pour retrouver ce bout de dialogue. Il est depuis longtemps, juste derrière moi, là où je suis assis pour t'écrire, sur un des post-it collés sur l'épaisseur d'une des étagères de ma bibliothèque.

---

1. Edmond Jabès, *Le Livre des questions*, Gallimard, 1963.

2. Ce dialogue s'est déjà trouvé une première fois dans *Par instants…*

Cet homme s'appelait Viktor Shulik. Il était le directeur de l'école de Popasna, en Ukraine. En 2019, il parlait à Julien Malland de la vie et des études qui malgré les bombardements devaient continuer.

Lorsque la ville ne fut plus que ruines et l'école mise à terre, lorsque se sont tus les cris et les rires des enfants, pour continuer la lutte, Viktor Shulik a rejoint les soldats de l'armée ukrainienne.

Le dimanche 9 octobre 2022, un coup de fil de Julien m'apprenait que la veille Viktor Shulik était mort au combat.

C'est en 1995, lorsque je fus invité en Allemagne par Antje Kunstmann, l'éditrice qui venait de publier *Quoi de neuf sur la guerre?* en allemand, que j'ai compris pourquoi dès les années 1950 mes parents, pour leurs premières vacances depuis de longues années, allaient les passer en Allemagne, pays qu'ils avaient fui en 1933 dès l'arrivée de Hitler au pouvoir. D'où mon étonnement de l'époque : pourquoi l'Allemagne?

Ma mère, Ella, est née en 1905 à Przemyśl en Pologne, ville de près de soixante mille habitants, appartenant au moment de sa naissance à l'Empire austro-hongrois. Cette ville que presque personne, il y a peu, n'aurait su exactement situer, a accueilli ou vu passer depuis l'invasion de l'Ukraine par Poutine plus de deux millions d'Ukrainiens.

En 1910, ensemble avec sa mère Maryem, née Fränkel, son père Henoch Reif Berg, et son jeune frère Max, né en 1906, ils quittèrent Przemyśl, heureux ou inquiets, je ne sais pas, pour s'installer à Berlin. L'allemand qui, je suppose, était déjà enseigné à Przemyśl, devint pour ma mère, aussitôt scolarisée, sa première langue. C'est à Berlin qu'elle connut mon père Léo (Wolf Leib). Ils se marièrent en 1927. Ma sœur Jenny est née en octobre 1928, moi en novembre 1931.

Mes parents arrivèrent donc à Paris en 1933 avec deux enfants dans les bras, peu de bagages, mais cependant avec deux bougeoirs que j'ai encore chez moi et que j'allume les jours de fête. Ils sont l'œuvre de mon arrière-grand-père maternel, ferblantier de profession. Dans la dernière image de *Vienne avant la nuit*, on peut les voir ces bougeoirs, reposant de chaque côté de sa tombe que le lierre avait enlacée. Des flammes veillent sur son repos. Sur la tombe il est écrit : « Que son âme soit reliée au faisceau de la vie. »

Avant, juste avant cette dernière image, j'ai remontré la photo prise le jour de son soixante-quinzième anniversaire. C'est avec elle que j'ai appris les noms des membres de ma famille maternelle. Si j'en parle encore c'est que ma mère n'y figure pas alors que sa mère et son frère sont présents. Sur la photo mon oncle Max a une main posée sur l'épaule de sa mère, l'autre repose sur celle du grand-père. Et je me souviens que chaque fois qu'il nous arrivait de regarder cette photo en présence de ma mère, avant que l'un d'entre nous s'étonne de son absence sur la photo, elle s'empressait de nous expliquer que, enceinte de huit mois de ma sœur Jenny, elle n'était pas en état de faire le déplacement de Berlin à Vienne.

À Paris, nous avons tout d'abord habité à Belleville, rue Rébeval, où mon père trouva presque aussitôt du travail dans les métiers de la chaussure. En 1937, mes parents obtinrent la gérance de la boutique de la rue de la Butte-aux-Cailles sur laquelle ils firent inscrire : Fabrication de tiges – Réparations en tous genres – Travail soigné. La suite, tu la connais.

En 1975, au cours de la soirée où j'avais enregistré mon père me racontant son enfance et sa jeunesse passées en Pologne, ma mère était évidemment présente, et pensant qu'elle pouvait éventuellement intervenir pour dire des choses que mon père lui aurait racontées, ou bien simplement profiter de cet enregistrement pour dire des choses la concernant plus particulièrement, je lui avais passé le micro. À ma grande surprise, tout en prenant le micro, elle s'est levée de sa chaise, a attendu quelques instants, et j'ai entendu ma mère chanter la *Sérénade* de Schubert. Je ne l'avais encore jamais entendue chanter et je ne savais pas qu'elle avait une voix si pure. Je l'ai apprise à l'école m'a-t-elle dit en me rendant le micro. Depuis combien de temps ne l'avait-elle pas chantée ? Il aura fallu si longtemps, des récits d'enfance et un micro pour que j'entende sa voix. C'est ma mère qui chantait et c'est l'enfant restée en elle que j'entendais. Une enfant appliquée. J'avais à mon tour le micro en main et parce que l'émotion durait je n'ai pas pensé à arrêter l'enregistreur. La pensée brouillée, remontant trop en arrière, j'ai effacé sa voix. C'est plus tard, lorsque je m'en suis rendu compte avec effroi, que les larmes sont venues. Et rien ne me console de ce moment imbécile ou sa voix fut effacée.

J'ai mis longtemps avant de pouvoir écouter à nouveau cette *Sérénade*. Petit à petit, mais il m'a fallu du temps, je me suis donné l'occasion d'écouter différentes versions sur Internet. À tort. Puisque ce n'est pas la voix que j'attendais, puisque c'est, malgré moi, la voix désormais absente de ma mère que je recherche. Et comme c'est une émotion qui dure, Schubert est maintenant accompagné de larmes.

À Vienne, au *Café Central*, sous les portraits de l'empereur François-Joseph et de l'impératrice Sissi, il y a un pianiste qui, entre deux valses viennoises, joue inlassablement la musique du *Troisième homme*. En 2015, en tournage dans ce café pour *Vienne, avant la nuit*, je l'ai entendu jouer la *Sérénade* de Schubert. Il ne jouait pas mieux que dans toutes les versions que j'avais écoutées. Plutôt moins bien. Mais c'était à Vienne, ce qui me rapprochait de ma famille maternelle. Benjamin qui savait l'histoire le lui avait discrètement demandé. Je voudrais l'en remercier ici.

Je reviens en 1995.

Jusque-là, j'avais obstinément refusé d'aller en Allemagne. Mais là, il eût été absolument incohérent d'accepter d'être traduit en allemand et tout à la fois refuser l'invitation de cette maison d'édition. Après être passé du refus à l'hésitation, j'acceptai finalement, en me disant, pour justifier (à mes yeux) cette invitation, que cinquante ans après la fin de la guerre, j'avais peu de chances de croiser en chemin des personnages qui avaient eu des responsabilités dans l'Allemagne nazie.

Je ne savais pas ce qui m'attendait lorsque le taxi à qui j'avais donné l'adresse me déposa devant les éditions Antje Kunstmann. J'avais à peine poussé la porte – avec je l'avoue un peu d'incrédulité – que tous ceux qui travaillaient là se levèrent pour m'applaudir. Antje Kunstmann vint aussitôt vers moi, prit la main que je lui tendais dans les siennes, et pendant que les applaudissements se prolongeaient me parla avec douceur. Ce moment de bienveillance que je ne pouvais imaginer dura tout le long de mon séjour.

Le lendemain, levé de bonne heure, j'avais décidé de marcher un peu. Seul. J'ai oublié de te dire, ce qui pour la suite a une certaine importance, que c'est à Munich que se trouve cette maison d'édition. L'important c'est qu'il m'avait semblé reconnaître l'avenue qui s'ouvrait devant moi alors que je n'y avais jamais mis les pieds. Des images vues dans des films documentaires venaient de rejaillir de façon fulgurante. Les nazis avaient défilé là sous les acclamations d'une foule immense aux bras levés. Ces images ne s'étaient pas effacées de ma mémoire.

Je suis allé prendre une boisson dans une brasserie, et c'est dans des rues commerçantes, moins mémorielles, que j'ai poursuivi ma visite de la ville. Autre chose m'attendait. Je m'étais arrêté un moment devant un magasin de chaussures où, installé dans la vitrine, un étalagiste s'appliquait à les disposer au mieux de leur avantage. Là encore, ce fut fulgurant. Comme en écho, ce qui se passait devant moi, là, dans cette vitrine, ne se séparait pas dans ma tête de ce qui quelques instants avant s'était imposé. Une autre image venait de resurgir. Celle vue dans *Nuit et brouillard* d'Alain Resnais. Un amoncellement de centaines de milliers de chaussures. Une image dont on ne se défait pas.

C'est de ce moment que sont nées les quelques pages de *Berg et Beck* que je vais essayer de te résumer.

Nathan, un jeune homme dont les parents n'étaient pas rentrés de déportation, après avoir passé quelques années en maison d'enfants, travaille chez son oncle qui tient un magasin de chaussures boulevard Magenta dans le Xe arrondissement de Paris. Une fois par mois, le lundi, jour de fermeture, Nathan se charge de refaire la vitrine. Jouant à la fois avec les modes et les saisons, il exécute ce travail avec un soin méticuleux. Jusqu'à un mardi matin, où, arrivant au magasin, après un premier regard porté à la vitrine, son oncle dut s'appuyer contre le mur. Comme sur les photographies prises à Auschwitz en 1945, il y avait là, dans sa vitrine du boulevard Magenta, dans un absolu désordre, un enchevêtrement de chaussures. Des centaines de paires, des chaussures d'hommes, des chaussures de femmes, des chaussures d'enfants étaient mélangées. Les modèles, les pointures, les couleurs étaient mêlés, les lacets ôtés. Nathan avait accompli ce travail avec une incroyable et douloureuse minutie. Son oncle regardait le désordre sans comprendre. L'enfant de son frère avait déposé la mort dans sa boutique.

Nathan, aidé de son oncle, avait tenté de vivre une vie qu'il pensait être une vie normale, mais envahi par le souvenir tenace des photographies d'Auschwitz vues dans une exposition sur les camps de concentration alors qu'il était adolescent, les chaussures de la boutique du boulevard Magenta lui avaient ce lundi soir brûlé les mains.

Pendant les trois jours que dura mon séjour en Allemagne, dans un programme soigneusement établi, Antje m'accompagna avec une attention presque protectrice. J'ai oublié l'ordre de tous mes déplacements (librairies, rencontres, émissions de radio), mais je me souviens de la chaleur dont je me sentais entouré.

Le matin de mon retour à Paris, Antje est venue avec moi à la gare. Sur le quai, le silence qui précédait mon départ, disait qu'à ces trois jours passés ensemble, nous aurions dû joindre l'amour.

Bon, il faut bien que j'en arrive aux raisons qui sont à l'origine de tout ce que je viens de te raconter : pourquoi mes parents sont allés à plusieurs reprises prendre quelques jours de vacances en Allemagne.

Une boisson prise dans une brasserie, une première visite dans une librairie me révélèrent non seulement pourquoi l'Allemagne, mais aussi, et les deux sont liés, pourquoi mes parents en revenaient chaque fois avec des tas de gourmandises et plein de petits souvenirs.

À Berlin, ma mère pouvait aller dans les lieux les plus divers, son allemand à l'accent berlinois avait survécu et ne laissait aucunement deviner son exil parisien. Rien ne révélait qu'elle était étrangère. D'où ses multiples achats. À Paris, bien sûr, je ne savais rien de ce que ma mère éprouvait. Elle n'a jamais dit que chaque achat la rendait heureuse, qu'elle se réjouissait chaque matin, à l'hôtel, dès son réveil, du plaisir de commander son petit déjeuner. C'est ce que j'avais compris, dès la première boisson, prise dans une brasserie, au froncement de sourcils du serveur, qui avait aussitôt entendu que je n'étais pas allemand.

En France, depuis si longtemps, ma mère, où qu'elle aille, quoi qu'elle achète, son accent la désignait. Chez l'épicier ou le boucher, chez le boulanger où elle achetait son pain, elle redevenait une étrangère.

Il a fallu qu'elle ne soit plus là et qu'à mon tour j'aille en Allemagne pour le comprendre.

Pendant les quelques jours qu'elle passait à Berlin, sans oublier que son père et son frère restés en Allemagne furent déportés, elle redevenait l'enfant berlinoise qu'elle avait été.

Ses morts ne l'avaient pas séparée de sa langue maternelle.

« C'est après avoir assisté à un cours donné par Vladimir Jankélévitch à la Sorbonne que je suis allé au Studio des Ursulines voir *Madame de...* de Max Ophuls. »

C'est comme ça, par la voix d'un personnage imaginaire (Bernard, le narrateur de *On ne peut plus dormir tranquille quand on a une fois ouvert les yeux*) que j'ai assisté à un cours de Vladimir Jankélévitch. C'est qu'on peut aussi avoir la nostalgie de ce que l'on n'a pas connu.

J'avais lu *L'Imprescriptible*, *Penser la mort*, essayé de lire *Le Paradoxe de la morale*, et surtout, écouté, avec quel plaisir ! les extraits de ses cours enregistrés sur quatre CD.

« Ceux qui ont eu le privilège de voir Jankélévitch penser tout haut, disait Françoise Schwab qui présentait ces CD, ne pourront se défendre de l'imaginer en entendant sa voix. Il méditait à voix haute et déroulait pour nous quelques mythes porteurs d'éternité. [...] On entendait une voix singulière. La drôle de voix prenait son élan, trébuchait puis repartait de plus belle vers son insaisissable objet. »

C'est l'écoute de ces CD qui m'avait fait écrire que j'enviais ceux qui avaient eu la chance d'assister à ses cours. C'est pourquoi j'avais acheté *Quelque part dans l'inachevé*, une série d'entretiens enregistrés par Béatrice Berlowitz. Mais des entretiens faits comme base « d'un matériau pour bâtir le livre ». Le magnétophone nous livrait des perles, écrit Béatrice Berlowitz dans sa préface, il restait à faire le collier.

Dans ma lettre, je t'avais écrit que ce livre je ne l'avais pas encore ouvert. Ajoutant que dès la lettre terminée, je l'ouvrirai et le lirai pour le plaisir de lire. C'est ce que je fais. Je lis *Quelque part dans l'inachevé*.

Si j'en parle au présent, c'est parce que, comme un compagnon bienveillant, il ne me quitte pas. Comme ne me quittent pas les *Récits hassidiques* et quelques autres qu'au long de mes lettres, je me plais à citer. Je le lis, chapitre par chapitre, et je le relis chapitre par chapitre. Avec timidité. En essayant de ne rien perdre. Tout en sachant qu'il y a des moments auxquels, bien que jamais effacés de la vie, je n'aurai pas accès.

Qui, un jour, aura la curiosité de feuilleter mon exemplaire sera surpris (sauf si c'est quelqu'un qui me connaît) de voir le nombre de mots ou de phrases soulignés dans le chapitre appelé « Le vague à l'âme ». Et ça commence par : « Réminiscence est un mot banal qui a gardé pour moi une sonorité poétique et nostalgique », et puis, très vite : « passé irréversible », « touche fugitive », « présences infimes et intimes que l'on n'ose pas appeler souvenirs ». Puis, à la suite d'une question de Béatrice Berlowitz, vient cette réponse, déjà deux fois soulignée : « La nostalgie est un sentiment inapaisable. » Et comme ce qui suit fait trois longues pages, on va se contenter de cette réponse et la retenir, pour ce qui vient, comme un titre de chapitre.

Le souvenir que j'ai des séances de cinéma de l'après-guerre est assez précis. L'ordre dans lequel se déroulaient ces séances était toujours le même. Ça commençait par un court-métrage qui généralement n'intéressait pas grand monde. Puis venaient les actualités (Éclair-Journal ou Fox Movietone selon les cinémas) censées rendre visibles après coup ce que les journaux avaient imprimé. Et, juste avant que soit projeté le grand film, les attractions sur scène, présentées par une des jeunes femmes qui, dans la salle rallumée et pendant que s'affichaient sur la toile les annonces publicitaires payées par quelques commerçants du quartier, vendaient des esquimaux.

De ces attractions, rien ne m'est resté, excepté un bref tour de chant donné par une femme assez forte, plus très jeune, et m'avait-il semblé, curieusement vêtue pour une personne présentée comme une vedette de la scène et de l'écran. C'était Fréhel qu'un accordéon accompagnait.

Ce cinéma n'est plus. Je ne sais pas ce qui le remplace. Et Fréhel est morte le 3 février 1951.

C'est dans un autre cinéma, le Champollion, qui dans les années 1950 était devenu un des rendez-vous des cinéphiles, que j'ai revu Fréhel. Mais sur l'écran. Dans *Pépé le Moko*, un film de Julien Duvivier. Elle chantait *Où est-il donc*, et je crois que c'est ce jour-là que j'ai compris ce qu'était la nostalgie.

À l'image, la main de Fréhel remonte la manivelle d'un phono, la caméra va vers une photographie fixée au mur montrant une Fréhel plus jeune, revient se porter sur sa main qui pose l'aiguille du phono sur un disque 78 tours avant de venir rejoindre doucement le visage de Fréhel en gros plan.

Et, accompagnant ces mouvements de caméra, ce qu'on entend, c'est ça :

« Je change d'époque.

Je pense à ma jeunesse,

Je regarde ma vieille photo, et je me dis que je suis devant une glace.

Je remets un de mes anciens disques du temps où j'avais tant de succès à la Scala du boulevard de Strasbourg.

Je paraissais sur scène dans un décor champêtre, avec un projecteur rouge sur mon visage.

Et je chantais. »

Mais Fréhel, devant nous, filmée en gros plan, ne chante pas. Ce qu'elle entend, ce qu'on entend, c'est le disque qui tourne tout près d'elle et qu'elle a enregistré en 1927. Et *Pepe le Moko* a été tourné en 1936. Et on assiste, bouleversé, au temps qui sépare ces deux moments. Sur l'écran, Fréhel n'est plus Tania, attifée en moukère, réfugiée à la Casbah d'Alger avec son bonhomme tricard. Elle est Fréhel qui à cinq ans grimpait sur les tables de bistrots où sa mère l'envoyait chanter jusqu'à deux, 3 heures du matin, et récupérait les quelques sous que la gamine rapportait. Et sur son visage se déroule tout son passé, là où se porte son regard, là où sommeillent ses souvenirs. Ils sont sur ses lèvres qui remuent, qui s'entrouvrent parfois, mais à peine. Muettes elles disent plus que ce que les mots du disque nous font entendre. Et lorsque arrive : « où est-il mon moulin d'la place Blanche / Mon tabac et mon bistrot du coin », Fréhel chante. Elle chante au présent. Son corps n'est plus à la Scala du boulevard de Strasbourg. Il nous dit que le temps ne s'est pas arrêté. Qu'il n'est plus celui du disque qui tourne. Elle chante : « Tous les jours pour nous, c'était dimanche. » Il est là le temps, présent dans une mémoire alourdie d'images. Et ce temps nous dit ce qu'elle a été, qui vit encore en elle. Les deux voix, par instants légèrement décalées, disent les mêmes mots : « Où sont-ils les amis les copains / Où sont-ils tous mes vieux bals musette / Leur Java au son de l'accordéon / Où sont-ils tous mes r'pas sans galette / Avec un cornet d'frites à deux ronds / Où sont-ils donc ? »

Et les larmes nous disent que ce temps n'est plus.

Quelques mois avant sa mort, Fréhel avait été embauchée pour chanter dans un bal musette à quelques pas de la Contrescarpe. C'est là qu'un journaliste de Radio Lausanne l'avait retrouvée. Lorsqu'à la fin de l'entretien il lui a demandé de chanter une de ses chansons préférées, « je vais vous chanter un petit chef-d'œuvre de Carco et Larmanjat, a-t-elle répondu, *Chanson tendre* :

Comme aux beaux jours de nos vingt ans,
Par ce clair matin de printemps,
J'ai voulu revoir tout là-bas,
L'auberge au milieu des lilas.
On entendait sous les branches
Les oiseaux chanter dimanche
Et ta chaste robe blanche
Paraissait guider mes pas... »

Oui, la nostalgie est un sentiment inapaisable.

Il y a quelques jours, près du square qui se trouve en bas de chez moi, j'ai croisé un enfant en trottinette qui pleurait. Je lui ai demandé pourquoi il pleurait. Il m'a dit j'ai perdu mon papa. Il n'a pas dit « je me suis perdu », mais : « j'ai perdu mon papa ».

Ensemble, on a vite retrouvé son père qui le recherchait de l'autre côté du jardin, et il s'est arrêté de pleurer.

Cette rencontre m'a rappelé que peu de temps après avoir terminé *On ne peut plus dormir tranquille*… j'avais été tenté d'en écrire une suite, mais en faisant cette fois d'Alex, le petit frère de Bernard, le narrateur du récit.

Dans cette intention, j'avais même pris quelques notes, mais comme j'avais déjà commencé l'écriture du scénario de *Vienne avant la nuit*, elles ont été rangées dans un dossier appelé Alex.

Ces notes qui patientaient, je viens de les reprendre. Non pas pour écrire le livre, mais pour mieux comprendre pourquoi j'avais associé cet enfant qui pleurait en cherchant son papa aux notes prises il y a maintenant une douzaine d'années.

Livrées ici, hors contexte, et compte tenu du temps passé, ces mots se révéleraient incompréhensibles si je ne rappelais pas, aussi brièvement que possible, ce dont il était question dans *On ne peut plus dormir tranquille* (tout en rappelant que Bernard en était le narrateur).

Alors voici :

« Je suis né à Paris le 2 mai 1940. Mes parents, nés en Pologne, sont arrivés en France peu après leur mariage. Mon père a été arrêté en juillet 1942 peu après la rafle du Vel'd'Hiv'. Il est mort à Auschwitz. En 1946, au cours d'une soirée de bienfaisance, ma mère a retrouvé Leizer, un ami d'enfance, rescapé des camps qui après de longs mois d'errance était finalement arrivé à Paris. Un an après est né Alex, mon demi-frère. En 1949, Leizer, devenu mon beau-père, décida d'aller voir sa sœur partie adolescente de Pologne pour New York. L'avion dans lequel Leizer avait pris place s'est écrasé du côté de l'archipel des Açores. Il n'y eut aucun survivant. C'est l'avion dans lequel se trouvait le champion de boxe Marcel Cerdan. Ainsi, je ne me souvenais pas de mon père, mais je me souvenais du père de mon frère qui lui ne s'en souvenait pas. »

Je reviens à mes notes et je me demande encore comment je vais m'en sortir. Si je te dis ça, c'est que ce qui va être compliqué dans ce qui va suivre, c'est qu'ils seront deux (Bernard et Alex) en alternance et irrégulièrement à parler à la première personne. Et moi aussi pour tenter de donner un peu de cohérence à ce qui pourrait paraître opaque ou énigmatique. Bon, on verra bien.

Déjà, parce que je l'aime encore assez, voici comment j'avais envisagé de commencer :

> « Tu vois ce que je veux dire ?
> – Je voudrais voir de plus près. »
> Raymond Queneau, *Les Fleurs bleues*

– Alors, toujours aussi gros ?

– Et toi, toujours aussi con ?

C'est comme ça que j'ai compris qu'ils étaient copains.

Le gros, derrière son comptoir, c'était le patron du bistrot-guinguette Chez Victor situé derrière la place des Fêtes au fond de l'impasse Compans. Le con était accoudé au zinc attendant d'être servi.

On aura compris que ce bistrot dans lequel Alex a eu la curiosité d'aller est celui où, à la demande de Truffaut qui tournait là une séquence de *Jules et Jim*, Bernard et Laura avaient échangé des baisers.

Et après ? Eh bien après, je me rends bien compte que ce n'est pas en étalant, décousues, une suite de notes comme j'avais un moment envisagé de faire, que l'on comprendra ce qui va se passer avec Alex. Il faudrait pour cela, parfaitement se souvenir d'*On ne peut plus dormir tranquille*... C'est beaucoup demander. Alors ? Alors j'ai repris le livre tout en sachant – c'est toi qui m'as appris ça – que les mêmes pages lues longtemps après leur première lecture, même lues par leur auteur, révèlent souvent quelque chose de nouveau. Il faut donc qu'au cours de cette nouvelle lecture, je retrouve celui que j'étais lorsque j'ai écrit le livre, puis les notes qui ont suivi. Autrement dit : rajeunir. Et là, comment fait-on ? Je ne sais pas. En attendant de peut-être le savoir (mais je n'y crois pas beaucoup) j'ai fait ce que je crois qu'il fallait faire, j'ai relu le livre entier en retenant au passage les moments où Alex est particulièrement présent.

C'est donc encore Bernard qui parle :

À parler d'Alex, des bouffées de souvenirs, dont je n'étais pas en mesure de soupçonner toute l'importance, me parvenaient sans que je les appelle.

Et Bernard raconte l'histoire d'une rédaction qui, dans un premier temps, avait valu à Alex la meilleure note de la classe suivie de celle où la maîtresse regrette de lui avoir donné une aussi bonne note.

Dans cette rédaction, dont le sujet était : « Racontez une histoire extraordinaire », Alex avait raconté que sa mère, infirmière à l'hôpital, en avait été renvoyée à la suite d'une faute professionnelle.

– Je ne savais pas que ta mère était infirmière, lui avait dit la maîtresse tout émue.

– Elle est pas infirmière, elle est vendeuse dans une bijouterie, a dit Alex.

– Comment ça, elle est pas vraie ton histoire ?

– Ben non, madame, elle est pas vraie.

– Mais pourquoi as-tu inventé une histoire pareille ?

– Mais c'est vous, madame. Vous nous aviez dit d'inventer une histoire qui ait l'air vraie.

Cette rédaction, pensa Bernard, Alex ne l'avait pas écrite comme ça, pour rien. Pourquoi avoir mêlé maman à cette histoire et fait croire qu'elle était au chômage ? Pourquoi avoir dit le contraire, une fois la bonne note obtenue ? Avait-il voulu exprimer le désir de se faire entendre ? Il avait une envie de dire quelque chose qu'il ne pouvait pas dire autrement, mais dans quoi nous pouvions discerner comme le reflet d'un désarroi. Et Bernard s'est souvenu qu'un soir à table, Alex avait dit : « J'aimerais écrire des choses intelligentes. Tellement intelligentes qu'en les relisant je ne comprendrais pas ce que j'ai écrit. »

À l'école, afin de répondre aux tracasseries de ses copains de classe, il ne les menaçait jamais par : « Je le dirai à mon père ! », ni même par : « Je le dirais à mon grand frère ! », car, implicitement, c'eût été dire qu'il n'y avait pas de père à la maison. Comme l'un après l'autre, nous avions appris à vivre sans père, Alex, ne voulant pas rentrer dans des explications, c'est seul qu'il réglait ses comptes.

Plus tard, presque à la fin du livre, Bernard évoque une obsession d'Alex : *… que maman arrive un jour à la maison avec* *un troisième homme. Il l'appelait « le troisième homme », comme le film avec Orson Welles. Sa logique, selon lui, imparable, était la suivante : maman avait épousé un homme, mon père, ils avaient eu un enfant, moi, et cet homme était mort lorsque j'ai eu deux ans. Puis, elle avait épousé un autre homme, son père. Et cet homme était mort lorsque son fils lui, Alex, avait également eu deux ans. Alors avec un troisième il ne pouvait pas en être autrement. Ensemble, ils auraient eu un fils. Après quoi, lorsque ce fils aurait eu deux ans, son père, troisième mari de maman, mourrait, inévitablement de mort violente. Et, à son tour, un petit frère (puisque ça ne pouvait être qu'un garçon) ne se souviendrait pas non plus de son père. Et pour Alex, c'était insupportable.*

Ce n'est pas tout, mais j'en ai dit assez je crois pour aborder les notes, et j'espère, comprendre ce qu'Alex avait encore à nous apprendre. Enfin, là encore, on verra. Mais déjà, tu sais pourquoi la rencontre entre l'enfant à la trottinette et le souvenir d'Alex se sont trouvés associés.

Et puisqu'il faut bien avancer et parce que proche de ce que j'ai recopié plus haut, je vais commencer par les éventuels et redoutés « troisième homme ». Et c'est toujours Bernard qui (provisoirement) raconte :

Un dimanche, maman avait invité à déjeuner un ami, M. Krulik, qui comme elle, était membre de la Chorale populaire juive. Il était venu avec un bouquet de fleurs ce qui à nos yeux (je parle d'Alex et de moi) l'avait immédiatement rendu suspect. Surtout aux yeux d'Alex. Pour lui, on ne vient pas déjeuner avec des fleurs chez une femme sans mari sans une idée derrière la tête. Dans ces circonstances, une des armes d'Alex, c'était de se rendre insupportable. On sait que c'est un domaine dans lequel il était particulièrement expert. Mais comme ma présence le rassurait, il lui suffisait de veiller au grain. Aussi la conversation au cours du repas avait été plutôt aimable. M. Krulik nous posa gentiment quelques questions sur nos études respectives. Tout avait été plutôt parfait jusqu'au moment du café pris dans le côté salon de la salle à manger. Et là, à peine assis dans le fauteuil qui lui avait été désigné, M. Krulik s'est endormi. Silencieusement d'abord, puis, la digestion le prenant au dépourvu, il s'était mis à ronfler bruyamment. Le sourire qui prolongea le regard que nous avons échangé, maman, Alex et moi annonçait une bonne nouvelle : l'invité ne le serait plus.

Ces notes, à les relire, alors que j'imaginais qu'elles laissaient apparaître la voix d'Alex enfant, je m'aperçois, presque avec surprise, que je les avais situées très majoritairement lorsqu'il était déjà adolescent, et surtout après. Je pense que si dans mon souvenir ces notes racontaient des moments de son enfance, c'est parce que c'est à ces moments que j'étais resté attaché. Alors que, à la réflexion, si j'avais pris toutes ces notes, c'était précisément pour savoir et peut-être essayer de dire ce qu'Alex allait devenir.

Exemples (c'est Alex qui raconte) :

J'ai un souvenir très net du jour où Bernard m'avait emmené au cinéma voir Les Marx au grand magasin. *Il avait raconté que j'avais été tellement emballé de voir trois types sur un écran faire tout ce que j'aurais aimé faire moi-même, que je lui avais demandé de m'emmener voir d'autres films des Marx Brothers dès qu'il en verrait d'autres de programmés. Ainsi, j'ai vu successivement* Chercheurs d'or, Un jour au cirque *et* Une nuit à l'Opéra. *Dans* Une nuit à l'Opéra, *lorsque j'ai vu qu'ils prenaient le bateau pour se rendre en Amérique, je pensais que mon père aurait mieux fait de prendre le bateau plutôt que l'avion. Mais il y avait dans ce film encore autre chose. Les Marx, du moins Harpo et Chico, étaient des passagers clandestins, partageant avec d'autres émigrants les mêmes inquiétudes, les mêmes espoirs. Groupés sur l'entrepont, il leur avait été servi à chacun un énorme plat de pâtes. Et j'avais été frappé par un plan où l'on voyait Harpo essuyer son assiette d'un morceau de pain et s'en délecter avec un plaisir d'enfant.*

Je m'étais alors souvenu qu'un dimanche, un invité que nous ne connaissions pas encore, avait, comme Harpo, essuyé chaque plat du déjeuner avec application, mais avec des gestes plus lents et sans qu'une expression de plaisir se lise sur son visage. Une fois l'invité parti, je l'avais discrètement fait remarquer à Bernard. C'est un ancien déporté, m'a-t-il dit, ils ne laissent jamais rien dans leur assiette.

Je n'avais pas osé en demander plus.

« N'avoir jamais manqué de rien est la pire des malédictions » avait dit Menahem Mendel de Kotzk.

- Bernard qui lisait la rubrique nécrologique du journal Le Monde *venait d'apprendre qu'un garçon qui était dans mon groupe en colonie de vacances venait de perdre son père. J'ai regardé le journal. Il fallait pour suivre l'enterrement se réunir devant l'entrée principale du cimetière de Bagneux, avenue Marx-Dormoy. J'ai manqué l'école pour y aller. Je voulais savoir ce que ça faisait de marcher derrière le cercueil de son père. Derrière le véhicule qui roulait au pas, suivaient le copain et ses deux sœurs.*

Je les enviais.

- Une fin d'après-midi, en rentrant chez moi, j'ai vu que ma mère avait pleuré. C'était le 11 octobre 1963. Elle venait d'apprendre en écoutant la radio la mort d'Édith Piaf. Pourtant, ma mère n'écoutait pas particulièrement les chansons d'Édith Piaf. C'est le lendemain, en lisant le journal que j'ai compris. Ses larmes étaient versées pour quelqu'un d'autre. Parlant de la mort d'Édith Piaf, le journal rappelait celle de Marcel Cerdan. Marcel Cerdan était dans l'avion qui s'était écrasé la nuit du 27 au 28 octobre du côté des Açores. La radio avait diffusé « L'Hymne à l'amour » dont Édith Piaf avait écrit les paroles.

Si un jour la vie t'arrache à moi
Si tu meurs, que tu sois loin de moi…

- Quand j'étais petit je ne comprenais pas pourquoi il fallait que les hommes de sa vie disparaissent. Le long chemin qu'ils avaient projeté de suivre ensemble, ils ne l'ont pas suivi. Un peu avec l'un, un peu avec l'autre, et le reste seule.

- Les deux hommes que ma mère a connus, ne lui ont laissé que des bouts d'amour. Chacun lui a laissé un souvenir. Je ne suis qu'un souvenir. Bernard aussi n'est qu'un souvenir.

- Quand j'étais petit je demandais à ma mère de me parler de mon père, et ça finissait tristement. Alors je n'en parle plus. Mais j'en parle des fois avec Bernard parce qu'il l'a assez connu pour s'en souvenir.

Maintenant Bernard vit en Amérique où il enseigne à la New York University (NYU), département de la littérature française contemporaine. Mais on s'écrit beaucoup. J'aime bien recevoir ses lettres. Il se souvient de l'époque où j'étais tout petit. Même de l'époque où je n'étais pas encore né mais où on parlait de moi. J'aime bien quand on se souvient.

Au début je ne pouvais pas m'empêcher de lui en vouloir d'être parti en Amérique, pourtant nous nous disons plus de choses dans nos lettres que lorsque nous étions près l'un de l'autre. Nous nous sentons plus proches. La distance géographique qui nous sépare semble annuler ce qui nous séparait lorsqu'il était à Paris. Il me dit : « Ne laisse pas maman seule », mais il me dit aussi « ne l'empêche pas de vivre sa vie ». Je crois que maman devait se sentir mieux entourée, lorsque Bernard était là. À deux, c'était plus facile. C'est comme ça maintenant notre famille : ma mère et moi à Paris. Mon frère Bernard en Amérique. Pas de père pour lui, ni pour moi depuis que nous sommes tout petits. Ça aussi ça veut dire être une famille.

- Dans sa dernière lettre, Bernard m'écrit que dans une boîte de jazz, le Jimmy Ryan's, où jouait le trompettiste Roy Eldridge, il a rencontré Robert qui, en 1953 avait été son moniteur dans la colonie de vacances de Tarnos. Ils s'étaient déjà rencontrés plus tard, en 1961, quand Robert était assistant de Truffaut. Il lui avait fait faire de la figuration dans Jules et Jim, *le film où une séquence se tournait « Chez Victor », le bistrot-guinguette où par curiosité, une fois Bernard parti en Amérique, j'avais été prendre un café et fait la connaissance du « gros » et du « con ». Bernard m'écrit encore que Robert est venu à New York avec un copain en repérage parce qu'ils envisagent de faire un film à Ellis Island, un îlot tout près de la statue de la Liberté, qui, au début du siècle, a vu passer près de seize millions d'émigrants en provenance d'Europe. Ils ont déjà recueilli plusieurs témoignages.*

- À la suite de cette lettre je suis retourné voir le bistrot « Chez Victor ». Je ne l'ai pas retrouvé. Tout le quartier avait été détruit.

Finalement contrairement à ce que j'ai écrit, jusqu'ici c'était moins compliqué que ce que j'avais cru. J'avais dit on verra bien, et tu l'as vu, Bernard n'est présent que dans les mots d'Alex. Et je crois bien qu'avec ses notes écrites dans l'hypothèse d'un livre à venir, je vais laisser tomber les autres notes et m'arrêter là. Si j'en disais plus, j'aurai l'impression d'accomplir un travail d'archiviste. Et puis surtout, à aligner ces quelques notes, à les avoir reliées, rapprochées, je crois avoir compris que c'était seulement à Alex de parler. D'autant plus que petit à petit, se sont précisées les raisons pour lesquelles, à la suite de *On ne peut plus dormir tranquille...*, j'avais dans la foulée pris des notes le concernant. Mais avant de te faire part de ces raisons, et puisque j'ai repris la parole, je vais poursuivre pour lui.

Tu te souviens peut-être que vers ses seize ans, Alex avait commencé à prendre des cours de guitare. L'acharnement avec lequel, enfermé dans sa chambre, il faisait ses exercices, plaquant des accords souvent accompagnés de vers, car il voulait écrire des chansons, avait étonné Bernard qui un jour avait entendu :

Si je dis que j'n'en sais rien
C'est plutôt qu'je l'sais trop bien
C'est en l'an quarante-deux
Qu'il est parti avec ses vieux

Peut-être parce que ça disait trop, cette chanson, Alex ne l'a jamais terminée.

C'est une autre note que j'avais située plus tard qui raconte la suite :

Lorsque Bernard est parti en Amérique, Alex avait récupéré son studio situé dans l'immeuble d'à côté. Il allait y dormir et gratter sa guitare mais continuait à partager ses repas avec sa mère. Un soir, pour une raison que je n'avais pas encore arrêtée (peut-être pour écrire une chanson) une de ses amies (appelons-la Danielle) s'était attardée chez lui et comme il avait fortement neigé, elle n'avait pas trouvé de taxi pour rentrer chez elle. Prends mon lit avait dit Alex, moi je peux très bien dormir dans le fauteuil. Après un moment d'hésitation, Danielle avait fini par accepter.

Au bout d'un long moment, aucun des deux ne dormant encore, Danielle a rallumé la lampe de chevet : c'est ridicule Alex, ton lit est assez large pour deux. Ne reste pas bêtement recroquevillé dans ton fauteuil, et viens. Mais je veux que tu saches que je suis fidèle à Charles : on dort et c'est tout. Au bout d'un autre long moment de silence, Alex, accueilli par Danielle et ne dormant toujours pas, a demandé : « Est-ce que tu as vu *Chercheurs d'or* avec les Marx Brothers ? – Non, pourquoi ? – Bon, je vais te raconter une séquence du film. » Et bien que dans le noir, se tournant vers Danielle et se repassant la séquence dans la tête, Alex a raconté :

« Dans ce film qui est une parodie de western, Harpo et Chico sont chargés de remettre à un certain M. Beecher un télégramme sous enveloppe fermée. Une fois en route, Harpo curieux de savoir ce que contient le télégramme, fouille dans la poche de Chico. Non, dit Chico, si c'est dans une enveloppe ça veut dire que c'est secret. Ils font quelques pas et Chico cédant à son tour à la curiosité, dit, approuvé par Harpo : on l'ouvre mais on ne lit pas. Ce qu'ils font. L'enveloppe est déchirée et le télégramme retrouve la poche de Chico. Quelques pas plus loin, Chico à nouveau pressé par Harpo lui dit : bon on le lit, mais on n'écoute pas. Ils se bouchent alors tous les deux les oreilles et Chico, à haute voix lit le télégramme avant de le remettre dans sa poche. Quelques pas encore, Chico s'arrête et dit : je crois que j'ai entendu. À quoi Harpo, hilare, les yeux brillants fait signe que lui aussi a tout entendu. »

Dans la note qui résumait cette anecdote, j'avais écrit qu'au matin, Alex et Danielle s'étaient retrouvés dans les bras l'un de l'autre. Aujourd'hui, à te la raconter, je pense que cette précision n'était pas nécessaire.

Tu as vu Pierre, que j'ai reporté à plusieurs reprises le moment de te donner les raisons pour lesquelles j'avais pris toutes ces notes sur Alex. C'est, je crois, parce que j'ai pensé que pour parvenir à les savoir, il fallait, en les écrivant que je passe par les pages que tu viens de lire.

J'avais gardé en tête, croyant y trouver un début de réponse, ce que tu avais écrit au début d'*Autobiographie d'un lecteur* : « Les sentiments que nous éprouvons pour des personnages fictifs sont-ils réels ? »

Comme c'est une question que tu posais, je suis retourné voir ces pages dont le sujet, visiblement, te préoccupait.

Tu poursuivais en écrivant : « La vraie question – et je me la pose – serait de savoir s'il nous semble ou non que les sentiments que nous avons pour Hamlet ou pour Madame Bovary sont de même nature que ceux que nous éprouvons pour des personnages véritables[1] ». Suit un dialogue imaginaire au cours duquel tu dis en passant que ce sont les lecteurs et les lectrices de Flaubert qui font exister Madame Bovary et tu termines en disant que nous ne savons pas encore si nous pouvons vraiment aimer ou détester une personne fictive.

J'ai relu plusieurs fois ces lignes, espérant qu'elles allaient m'aider. Mais je ne suis pas plus avancé, parce qu'en plus, si je suis maintenant le lecteur d'Alex, c'est après en avoir été l'auteur. Alors, pour un auteur, une fois le livre écrit ses personnages cesseraient-ils d'être fictifs ?

« Pardonnez-moi de m'être laissé embarquer dans cette galère », avais-tu écrit en fin de chapitre. Alors, attends-moi Pierre, nous en parlerons en ramant.

Et tout ça, parce que j'ai croisé en bas de chez moi, un petit bonhomme en trottinette qui pleurait parce qu'il avait perdu son papa.

---

1. Cette fois encore, une même citation. Mais là, en toute conscience. Comme elle débouche sur une histoire qui n'a rien à voir avec la précédente, il m'a semblé plus simple de l'avoir sous les yeux plutôt que d'aller faire marche arrière pour la retrouver.

Quand on rencontre quelqu'un c'est signe que l'on devait croiser son chemin, c'est signe que l'on va recevoir de lui quelque chose qui nous manquait.
Il ne faut pas ignorer ces rencontres.
Dans chacune d'elles est contenue la promesse d'une découverte.

Ce texte d'Aharon Appelfeld, je l'ai lu le 24 janvier 2021 sur France Inter au cours de l'émission *Le Grand Atelier* de Vincent Josse pour accueillir Mona Ozouf. Ça fait très exactement deux ans. Ce 24 janvier 2021 donc, à la première page de cette lettre, je te disais que je te raconterais plus loin ce qui s'est passé. Ce plus loin, nous y sommes arrivés.

Lorsque Vincent Josse, venu chez moi, m'a demandé qui je souhaiterais avoir près de moi pour ce *Grand Atelier*, j'ai dit

Mona Ozouf. Je savais depuis quelques jours par notre amie Sylvie[1] que c'est sur un lit d'hôpital, dans un état dépressif et avec le sentiment qu'elle avait perdu le plaisir de lire, qu'attirée par son titre, elle avait lu *Par instants, la vie n'est pas sûre.* Alors, le lisant, le découvrant page par page, elle a eu la certitude qu'à nouveau elle lirait.

Je ne vais pas te raconter tout ce qui s'est dit au cours de ces deux heures que dura l'émission, mais te dire le nom de ceux qui ce jour-là m'entourèrent de leur affection. C'est important les noms. *Nommez-moi une fois, afin que je vive*, avait écrit Edmond Jabès dans *Le Retour au livre.*

Denis Cuniot (piano) et Yom (clarinette) qui à plusieurs reprises, avaient assuré la musique de nos films, ont joué celle avec laquelle se terminait *Vienne avant la nuit.*

Francine Deroudille est venue dire la persistance de ce qui nous liait, toi, Doisneau et moi. Et parce qu'elle aussi le connaissait par cœur, ensemble nous avons chanté *Le Doux Caboulot* de Francis Carco.

Marcel Cohen. J'ai déjà dit dans cette lettre qu'il était un de ceux qui m'entourèrent et celui qui m'avait envoyé l'affiche déchirée puis recollée sur laquelle se devinait à peine le nom de sa petite sœur Monique déportée à l'âge de six mois avec ses parents.

---

1. Sylvie Gouttebaron, directrice de la Maison des écrivains et de la littérature.

Il y a dans *Le Grand Paon-de-nuit*[1] un des textes brefs qui parcourent son œuvre singulière, que pour des raisons évidentes je n'ai pas voulu faire figurer dans le chapitre consacré à la photographie. Voici :

« Succès et déboires d'un photographe ambulant s'étant fait une spécialité, lors de l'épidémie de diphtérie dans l'État du Wisconsin en 1898, de photographier les enfants morts dans leur petit cercueil ouvert, dressé contre un mur, et revêtu de leur plus bel habit, avec le père et la mère, voire les frères et sœurs, posant de part et d'autre pour une première photo de famille. »

Isabelle Huppert. Répondant aux questions que lui posait Vincent Josse, elle lui avait dit (entre autres) que la lecture de ce livre lui avait appris à souligner certaines phrases. Comme pour mieux s'en souvenir, s'en rapprocher. Elle avait cité celle-ci : « J'ai appris qu'il y a dans le Talmud un passage où il est dit qu'il est plus difficile de permettre que d'interdire. J'espère qu'il y en a un aussi qui dit qu'il est plus difficile d'écouter que d'interrompre. » J'ai beaucoup aimé qu'Isabelle Huppert souligne cette phrase.

Et nous avons entendu Sami Frey lire quelques pages de son choix. Dans ma lettre précédente j'avais dit que l'entendant lire *W ou le souvenir d'enfance* de Perec, le silence, l'espace qu'il laissait parfois entre deux mots, semblait nous faire entendre celui que mettait Perec avant de l'écrire.

---

1. Marcel Cohen, *Le Grand Paon-de-nuit*, Gallimard, 1990.

Avant, en 1988, en Avignon, puis en 2004 au théâtre de la Madeleine, Sami Frey, sur son vélo, égrenait la suite des *Je me souviens*[1], déjà de Georges Perec, s'accordant un moment un temps d'arrêt pendant lequel cessant de pédaler, il croquait une plaque de chocolat réparatrice de ses efforts. Plus tard, en 2006, c'est à vélo encore qu'il était arrivé au Petit Palais, pour un hommage à André Schwarz-Bart qui venait de mourir. Il avait lu un large extrait du *Dernier des Justes*[2].

Pour le *Grand Atelier*, il avait choisi de lire l'histoire du grand-père miraculeux repris des *Récits hassidiques* de Martin Buber[3], et puis, ce texte avec lequel Vincent Josse a terminé l'émission : « Si j'ai choisi de t'écrire Pierre, c'est que j'ai préféré te parler plutôt que de parler de toi. Il m'a semblé ainsi réduire, effacer même par instants, la distance qui sépare la vie de la mort. »

Au milieu de ce dimanche de rencontres où il semblait que chacun était venu pour écouter les autres, il y eut encore des chansons. Charles Trenet et *La Romance de Paris*, Danielle Darrieux, chantant « Il n'y a pas d'amour heureux ».

Ce qu'il faut de sanglots pour un air de guitare.

Quand est venu le temps de s'en aller, heureux d'avoir été là où on a été conduits, venus avec des histoires et des souve-

---

1. Georges Perec, *Je me souviens*, Hachette, 1978.

2. André Schwarz-Bart, *Le Dernier des Justes*, Seuil, 1959.

3. *Les Récits hassidiques*, Éditions du Rocher, 1978.

nirs, et nous quittant repartant avec d'autres, précieux, qui venaient de naître, où le dernier qui part n'éteint pas la lumière, nous nous sommes dit à bientôt, maladroitement comme on fait quand tant d'amitiés ont été échangées.

De cette journée dont je ne veux pas me défaire, je vais encore te parler de Mona Ozouf dont je n'avais pas osé espérer la présence. C'est après nous avoir fait entendre le début de *La Ronde* de Max Ophuls : « J'adore le passé, c'est tellement plus reposant que le présent et tellement plus sûr que l'avenir », que Vincent Josse a donné la parole à Mona Ozouf. Et j'ai reçu ses paroles comme des mains qui se tendent.

Comme Appelfeld, comme toi, comme moi, Mona Ozouf, pense aussi qu'aucune rencontre n'est le fruit du hasard. Elle a parlé de miracle et de conte de Noël. De la certitude – je l'ai dit plus haut – de retrouver le plaisir de lire et (je vais recopier ses mots) « d'une seconde certitude, pardonnez-moi, plus intime, c'est le sentiment d'avoir trouvé un copain. Et si j'emploie le mot copain, c'est à dessein, c'est un mot qui dit beaucoup et j'ai l'impression d'un copain tardif, mais que désormais je fréquenterai. »

Avant, elle m'avait dit : « Je ne peux m'empêcher de penser à la fin de votre livre, où vous dites que pour vous, et je m'y associe, nous sommes de la même génération, il y a un moyen de vivre le présent et d'imaginer le futur qui est l'attente, et l'attente que représente votre petite-fille Anne et pour moi mon arrière-petite-fille. »

Cette arrière-petite-fille (sept ans maintenant, elle se prénomme Malo) Mona Ozouf m'en a reparlé. Elle a même commencé par ça lorsque quelque temps plus tard nous nous sommes retrouvés en compagnie de Sylvie pour un déjeuner dans un restaurant près de chez elle. Elle nous restituait, avec un vrai plaisir de grand-mère, la très sérieuse conversation qu'elle venait d'avoir avec Malo au sujet de ses amours naissantes.

C'est au cours de ce déjeuner que je lui ai parlé de ce qui m'avait déconcerté, laissé perplexe, en constatant de la part des lecteurs de *Par instants*... ce qui (peut-être à tort) me semblait être de l'indifférence devant les images qui jalonnent le livre. Il y avait là un mystère que je ne m'expliquais pas. Les « prenez votre temps pour regarder » paraissaient avoir été dits dans le vide. On feuilletait mais on ne regardait pas, et je tremble à l'idée qu'on en fasse autant avec les dessins des enfants ukrainiens.

Alors j'ai demandé à Mona Ozouf (comme je l'ai demandé peu après à Éric Vuillard) si elle accepterait, à partir d'une photographie de son choix, d'écrire un texte. Peu de temps après, elle m'envoyait la photo de « Tante Jeanne » accompagnée d'un texte. Sur un petit mot glissé dans l'enveloppe, elle chargeait Tante Jeanne de me transmettre ses très amicales pensées.

Tante Jeanne

« C'est le portrait d'une Ouessantine, une photographie de Guy Hersant, empruntée à son livre sur Ouessant, et cette photographie m'enchante.

Ce que je vois immédiatement dans cette femme âgée, photographiée dans le décor minimaliste de sa maison, un mur nu que viennent juste adoucir un calendrier des postes et un rameau de buis bénit, c'est une indestructible jeune fille. Une personne gracieuse, qui a gardé la coiffure de sa jeunesse – et ne doit rien au coiffeur : sage raie au milieu, deux tresses lâchement nouées, qui se terminent en boucles souples, et sous la blancheur, on devine encore la blondeur d'antan. Les fleurettes du tablier contribuent elles aussi à cette impression juvénile. Ce qui frappe surtout, c'est le regard tranquille, confiant, qui ne se dérobe pas au photographe : aucune affectation dans la pose, et pourtant on sent qu'elle est contente de plaire à qui la dévisage, l'esquisse d'un sourire sur les lèvres, avec une sorte d'innocence candide et d'assentiment au monde tel qu'il va.

À partir de là, je m'étais fait un petit roman de cette Jeanne. À cette éternelle jeune fille je n'avais pu imaginer un mari, et ceci me paraissait s'accorder avec la pénurie d'hommes dans ce monde insulaire : j'avais noté l'absence d'alliance sur les mains nouées pour se donner une contenance devant l'objectif. Et j'avais aussi, en consultant l'index de l'album, constaté qu'à la différence des autres portraits, celui-ci ne mentionne pas de nom de famille, et se contente d'une « Tante Jeanne », manière de dire qu'elle était connue de toute l'île sous ce nom, qui permettait de l'identifier sans coup férir. Et ceci autorisait à imaginer une Jeanne sans enfants mais abondamment pourvue de neveux, et, bien que solitaire, entourée d'affection.

Grâce à Guy Hersant, j'ai pu entrer en contact avec un de ses arrière-petits-neveux, qui s'est volontiers prêté à mes questions. Et j'ai pu mesurer que je m'étais trompée, mais sans pourtant me tromper absolument. Jeanne, en réalité, s'était bien mariée ; ce mariage toutefois n'avait duré que cinq petites années et il s'agissait d'un mari lointain par définition : marin de l'État, embarqué pour de longues campagnes, et, du reste, débarqué pour cause de maladie à Dunkerque, où il mourra, loin de Jeanne et d'Ouessant encore une fois. Un mari évanescent, et, pour la jeune veuve, pas d'enfants qui puissent occuper et adoucir la longue vie que j'avais imaginée solitaire.

Mais solitaire, elle ne l'était nullement. Jeanne ne s'était pas résignée à laisser sa tendresse sans emploi. Elle vivait d'une minuscule pension de veuve, mais s'était engagée comme cantinière bénévole à l'école des Frères, manière de décupler le nombre de ses neveux à la mode de Bretagne. Une « Tante Jeanne » donc, connue pour mettre à l'occasion dans la poche des gamins les deux sous à convertir en réglisse ou en cachous. Affectueuse, avenante, « jamais sans une plainte, toujours contente », dit son parent, qui m'a aussi confirmé le goût de plaire que je lisais dans la photographie. Selon lui, elle avait, avant Guy Hersant, tenté d'autres photographes, et même un peintre qui aurait exposé son portrait à Brest, mais sur lequel je n'ai pu recueillir aucun renseignement. Voilà pourtant de quoi rendre compte de la familiarité calme avec laquelle elle accueillit le regard d'autrui.

D'où tenait-elle cette tranquille assurance ? Je n'avais pas cru pouvoir trop accorder à la brochette de buis bénit fichée dans le calendrier, sûre que dans toutes les maisons d'Ouessant, un même brin vert se décolorait lentement, d'un dimanche des Rameaux à l'autre. Aujourd'hui ma petite enquête ajoute à la parentèle de Jeanne un frère missionnaire, et ceci, joint à l'école religieuse, où elle travaille, suggère une tante Jeanne pieuse. Une jeune fille, pensais-je. Ou plutôt, une nonne? J'hésite. Mais sans doute, du moins je me le figure, une qui avait mis une égale confiance dans ce monde et dans l'autre, attendait avec sérénité le jour où il faudrait partir, et dont, après qu'on l'a contemplée, persiste longtemps le charme. »

Elle est le plus souvent debout, entre l'évier et le fourneau de la cuisine, la louche du café à la main, ajoutant ou ôtant une rondelle de fonte au gré des plats qu'elle prépare, tournant la pâte à crêpes, raclant du chocolat sur les tartines du « quatre heures », baignée dans la lumière d'ouest qui vient de la fenêtre.

Telle est la figure tutélaire de mon enfance, qui nourrit, soigne, console, rassure.

C'est dans *Composition française*[1] et Mona Ozouf parle de sa grand-mère.

A-t-elle pensé à sa grand-mère lorsqu'elle a fait le portrait de Tante Jeanne ? Je ne sais pas. Mais je n'ai pu m'interdire d'y penser, même si grâce à la présence de Mona à la maison « la tendresse de sa grand-mère n'est pas restée sans emploi ».

---

1. Mona Ozouf, *Composition française, Retour sur une enfance Bretonne,* Gallimard, 2009.

Guy Hersant a fait la photo et Mona Ozouf a écrit le texte. Un texte que j'ai reçu comme si c'était elle qui avait pris la photo, et comme au temps de l'argentique, dans le bac du révélateur, petit à petit, avait vu apparaître le visage de tante Jeanne avec ses deux tresses lâchement nouées, le regard tranquille, confiant, et l'esquisse d'un sourire sur les lèvres.

Je viens de tomber dans un piège. C'est curieux, et tu as eu toi aussi, à plusieurs reprises, l'occasion de le constater, ce talent qu'ils ont ces pièges de s'inviter sans prévenir. Ce piège, je viens de m'en rendre compte, c'est le récit que je viens de te faire de ce qui s'est passé le dimanche 24 janvier 2021 sur France Inter au cours de l'émission « Le Grand Atelier » de Vincent Josse. Pourquoi ? Parce que ce récit, peut-être par le fait de l'avoir écrit, et là encore, je viens d'en prendre conscience, annonçait, de façon implicite, que je m'approchais de la fin de cette lettre.

J'ai repris *Par instants, la vie n'est pas sûre* pour voir comment je m'étais débrouillé pour faire apparaître ce moment : c'est après avoir évoqué le temps de mon adolescence. J'avais écrit : « Pourquoi alors que j'arrive au moment où cette lettre va se terminer, j'éprouve le besoin de retrouver ces temps passés ? » Aujourd'hui je ne sais toujours pas. Non pas pourquoi j'éprouvais le besoin de retrouver des temps passés, mais pourquoi j'avais écrit que j'arrivais au moment où cette lettre allait se terminer. C'est d'autant plus surprenant que je m'y suis repris encore deux fois : « Je vais faire encore un bout de promenade. Même si l'herbe commence à border les chemins qu'il me reste à prendre et qu'il arrive que quelques pavés soient maintenant disjoints. » Et plus loin : « Oui, c'est vrai, il me reste un peu de temps. Mais est-ce que j'aurai encore celui de tout te dire ? Je ne crois pas. »

J'avais écrit « je ne crois pas », et pourtant j'avais pris encore le temps de te parler d'une séquence de *Nostalghia*, un film d'Andreï Tarkovski. Une séquence de neuf minutes faite d'un plan unique au cours duquel un homme accomplit ce qu'il pensait avoir à accomplir. Après quoi, je demandais seulement un peu de temps. Et le passer avec mes petits-enfants.

Et maintenant ? Maintenant, comme dans ma lettre précédente, des souvenirs, ravivés par l'écriture, sont là qui donnent de la voix. Et je me trouve, là encore, face à des interrogations, des notes, des noms, des curiosités, des faits, qui ne se sont pas retrouvés dans les chemins que j'ai empruntés, où l'herbe depuis, n'a pas cessé de pousser, et où les pavés sont de plus en plus disjoints.

Alors, comme dans un « album de moments anciens », je les ai regroupés. Et si tu veux bien Pierre, ensemble, nous allons en tourner quelques pages.

Mais avant ça, tu as vu que ma lettre était accompagnée de *Vivre avec nos morts*, le livre de Delphine Horvilleur dont je t'avais dit au début de cette lettre que j'y reviendrais. J'ai eu l'occasion d'y revenir mais pas assez. Aussi, il m'a semblé plus simple de te l'envoyer. Moi, j'en achèterai un autre, parce que c'est un livre qu'il est bon d'avoir à portée de main.

Alors « l'album » :

- Dans *Les Récits hassidiques*, Martin Buber raconte : « Un jour que Rabbi Mendel était invité à la table de Rabbi Elimelekh, le domestique oublia de lui donner une cuillère. Quand tout le monde, sauf lui, commença à manger, Rabbi Elimelekh lui demanda : « Eh bien, pourquoi ne manges-tu pas ? – Je n'ai pas de cuillère » avoua Rabbi Mendel. « Tu vois, lui dit gravement le Maître, même une cuillère, il faut la désirer et la réclamer, et la soupière encore bien plus ! »

Rabbi Elimelekh est mort en 1786. Et ce n'est qu'en 1848 que Karl Marx (1818-1883) rédigea avec Friedrich Engels le *Manifeste du parti communiste.*

- Lu dans *Le Grand Livre de la sagesse juive*[1] de Joseph Telushkin :

Quand j'étais jeune, j'ai demandé à mon père : « Si tu ne crois pas en Dieu, pourquoi vas-tu à la synagogue aussi régulièrement ? » Mon père répondit : « Les Juifs vont à la synagogue pour toutes sortes de raisons. Mon ami Garfinkel,

1. Joseph Telushkin, *Le Grand Livre de la sagesse juive*, Calmann-Lévy, 1999.

qui est orthodoxe, y va pour parler à Dieu. Moi, j'y vais pour parler à Garfinkel. »

- Lu dans *Le Grand Paon-de-nuit*[1] de Marcel Cohen :

« Un poète va de librairie en librairie et, tirant son dernier livre des rayons, en même temps qu'il ouvre son stylo, profite de la distraction des vendeurs pour remanier un vers qu'il juge défectueux. »

Tu te souviens que parlant de Pierre Bonnard, je racontais comment dans un musée où ses œuvres étaient exposées, il « améliorait », de quelques touches, à l'insu des gardiens, un détail qui le préoccupait. Ce qui m'avait amené à poser la question : « Faut-il corriger une œuvre terminée ? » En répondant que pour un livre, une fois la correction des épreuves faites et le livre imprimé, on n'y touche plus, l'anecdote citée par Marcel Cohen tend à penser que je me trompais. Oui, mais en partie seulement. Comment peut-on raisonnablement imaginer le poète en question, armé d'un stylo, arpenter de ville en ville, toutes les librairies afin de remanier un vers qu'il juge défectueux ? Et puis, surtout, comment un lecteur tombant sur ce vers remanié peut-il penser que cette correction est le fait de son auteur et non celui d'un lecteur insatisfait ?

Cette histoire ne vient-elle pas confirmer le conseil donné par Blaise Cendrars : ce que l'on trouve raté dans ce

1. Marcel Cohen, *Le Grand Paon-de-nuit*, Gallimard, 1990.

que l'on vient d'écrire, on le retrouve corrigé dans les écrits suivants.

Ce qui ne m'empêche pas d'admirer le souci de perfection qui animait le poète.

- C'est bien après avoir terminé l'écriture de *Berg et Beck* (1999) que j'en ai fait le rapprochement avec cette phrase écrite par Pierre Reverdy dans *Le Livre de mon bord*[1] : « ... On n'écrit pas pour soi, on n'écrit pas pour les autres, on écrit aux autres, bien qu'on ne sache pas exactement à qui... » (les points de suspension qui précèdent et suivent la phrase sont de Reverdy).

Les lettres, puisqu'elles étaient écrites à Beck ne l'étaient pas pour moi, ni pour les autres et je savais très exactement à qui.

Une de ces lettres (la troisième) commençait comme ça :

Cher Henri,

Je vais te raconter le début d'un film : dès la première image, il y a un type dénommé Harpo qui est appuyé contre un mur. Un policeman le trouvant suspect, l'aborde et lui dit : « Eh! vous soutenez le mur? » Harpo fait signe que oui. Le policeman l'embarque alors... et la maison s'écroule.

Cette histoire, précisément parce qu'elle était racontée à Beck, disait quelque chose de plus. Et pensant n'avoir aucune

---

1. Pierre Reverdy, *Le Livre de mon bord, notes 1930-1936*, Mercure de France, 1989.

raison de dire ce qu'était ce plus, je l'avais gardé pour moi et étais passé à autre chose.

Or, il y a un peu plus d'un an, une étudiante, Hélène Scavone, a présenté un mémoire intitulé *Le Récit de l'enfance confronté à l'antisémitisme*. Elle dit que le contenu des lettres écrites à Beck est précieux et, relatant l'extrait du film avec Harpo Marx, écrit : « Cette anecdote n'est pas anodine. En creux, elle semble faire écho aux innombrables arrestations pendant la guerre. Comme dans le film, chaque Juif arrêté signe l'écroulement d'une maison, et, plus généralement, l'effondrement de la société et de ses valeurs [...]. La maison aurait pu rester debout, si le policier n'avait pas arrêté Harpo. La judéité des Marx Brothers renforce encore plus cette interprétation. »

Pendant qu'à Toulouse Hélène Scavone rédigeait son mémoire, je te racontais dans cette lettre l'hommage qui avait été rendu à Henri Beck et le dévoilement de la plaque commémorative sur laquelle figuraient les noms des sept personnes qui avaient habité au 7, rue de la Butte-aux-Cailles avant d'être arrêtées et déportées. Cette plaque avait été posée sur le mur même où se trouvait l'épicerie de ses parents. Je dis « se trouvait » car l'immeuble depuis a été détruit pour faire place à un autre de cinq étages.

Et je ne peux m'empêcher de penser que l'absence du mur d'origine, bien que certainement inscrite dans un programme de rénovation urbaine, se retrouve intimement liée à « ce quelque chose de plus » maintenant rejoint par l'interprétation qu'en donne Hélène Scavone et vient apporter un éclairage singulièrement troublant à l'arrestation d'Harpo par un policeman.

Et je crois que je comprends un peu mieux Pierre Reverdy lorsqu'il disait qu'on n'écrivait pas pour les autres, mais aux autres.

- Ranger un livre dans sa bibliothèque en laissant dépasser un marque-page est un piège dans lequel, tu l'as vu, je tombe régulièrement. En rangeant, en attendant de lire, *Être un homme*[1] de Nicole Krauss, j'en ai remarqué un qui dépassait de *L'Histoire de l'amour*[2] placé tout à côté, et lu il y a une quinzaine d'années. La curiosité, cette fois encore l'emportant, j'ai regardé pourquoi. Je me souvenais d'avoir été touché que Nicole Krauss dédie son livre à ses grands-parents qui, disait-elle, lui avaient appris le contraire de la disparition. Quant à la raison de la présence du marque-page, je n'ai pas eu à la chercher longtemps, la phrase était soulignée : « Peut-être est-ce cela que ça signifie, être père : apprendre à votre enfant à vivre sans vous. » C'était à la page 241. Comme j'indique toujours en fin de volume la numérotation (et parfois la raison) des pages qui m'ont arrêté, j'avais écrit : « Après, mais bien plus tard, il faut que les parents apprennent à vivre seuls sans leurs enfants. »

1. Nicole Krauss, *Être un homme*, L'Olivier, 2021.

2. Nicole Krauss, *L'Histoire de l'amour*, Gallimard, 2006.

L'écriture de cette phrase a été un autre piège. Le texte de la quatrième de couverture dit pourquoi : « [...] cet admirable roman, hanté par la Shoah, offre une méditation déchirante sur la mémoire et le deuil. »

Et le piège avec une phrase pareille, c'est que comme s'ils n'attendaient que ça, l'Histoire leur ayant appris à connaître le chemin, tous les violons de l'Europe de l'Est n'ont pas tardé à rappliquer.

- « Combien de temps l'homme peut-il passer à se rappeler le meilleur de l'enfance ? Et s'il profitait plutôt du meilleur de la vieillesse ? À moins que le meilleur de la vieillesse ne soit justement cette nostalgie du meilleur de l'enfance. »

Philip Roth, *Un homme*

- « Tu sais quel est le jour où j'étais le plus fier de toi ? » Benjamin n'avait pas dix ans lorsqu'il m'a posé cette question. Et moi j'ai senti s'affoler les battements de mon cœur.

Dans ma tête, j'ai imaginé quelques possibilités : était-ce le jour où il a vu mon nom dans le journal ? Ou peut-être au générique d'un film à la télévision ? Ou peut-être encore se souvenait-il d'avoir vu un jour dans la rue quelqu'un m'aborder et me demander si j'étais bien Robert Bober ? Mais, me gardant bien de lui dire tout ce à quoi j'avais pensé, je lui ai dit non que je ne savais pas. C'est le jour, m'a-t-il dit après m'avoir laissé le temps de réfléchir, où t'as fait un gâteau aux carottes pour toute ma classe, que personne n'a trouvé avec quoi il était fait, mais que tout le monde a trouvé très bon.

Alors mon cœur qui ne savait plus où il en était a tout sagement retrouvé ses battements habituels.

- Bonne nouvelle ! Le retour sur Arte de Pierre Dumayet, le pionnier des magazines littéraires, annoncèrent les journaux en janvier 1993. Rappelant au passage l'existence passée de *Lectures pour tous* (1953-1968), ce qu'ils annonçaient, c'était une nouvelle série appelée *Lire et Écrire* programmée à 23 h 30 chaque dernier vendredi du mois.

Interviewé par *Le Figaro* qui s'étonnait de l'heure tardive de diffusion sur une chaîne culturelle, tu avais dit : « Il y a longtemps que les heures de diffusion ont cessé de m'énerver. » La première émission avait été consacrée à Marguerite Duras. La seconde comprenait un entretien que tu avais eu à Vence avec Marc Chagall et que nous avions repris à l'occasion d'œuvres qui n'étaient encore jamais sorties de Russie et qu'il avait réalisées pour le Théâtre d'art juif de Moscou, et une réflexion sur un tome de la correspondance de Proust.

Tu avais terminé cette seconde émission par ces mots : « Vous avez vu l'heure qu'il est? Nous parlerons donc du tome 19 de la correspondance de Proust la prochaine fois. Bonsoir ! »

Je crois me souvenir que cette dernière phrase avait été diversement appréciée par la direction d'Arte.

- Cette lettre adressée à Julien Malland est venue d'Ukraine.

Regardons le timbre. Il reproduit le dessin né sur un mur de Paris dans le quartier de la Butte-aux-Cailles[1]. Un jour il nous dira la Paix que les enfants de Popasna ont tant souhaitée. Et ce timbre désormais, quelles que soient les nouvelles contenues dans les enveloppes, nous rappellera ce que fut ce combat. Parce qu'il faudra bien que le monde se souvienne.

1. Se reporter à la page 105.

- En rangeant les notes du dossier appelé « Alex », j'ai retrouvé ce bout de dialogue :

– Qu'est-ce que tu as fait avant d'éteindre ?

– Je t'ai regardée.

– Rallume !

– Pourquoi ?

– Je veux te voir me regarder avant d'éteindre.

Il y a donc eu des questionnements, des moments de douceur, et aussi des hésitations, des égarements sans doute, des mots parfois empruntés à d'autres grâce auxquels mes yeux se sont un moment ouverts. Mais avant de finir cette lettre, je voudrais te parler de deux choses (je ne sais trop comment les appeler, problèmes, questions… bon, en tout cas deux choses, pour moi importantes, auxquelles je ne pense pas sans cesse, mais assez régulièrement depuis que j'ai commencé à écrire des livres). Et c'est précisément la lecture de deux livres lus récemment qui me conduit à t'en parler maintenant.

Pour être plus clair je vais te donner des exemples pris dans ce que j'ai écrit. Le premier exemple, c'est celui de « La Lettre blanche » que Serge Lask a envoyée à sa petite sœur et dont je t'ai fait le récit dans ma lettre précédente. Elle était déjà présente, si tu t'en souviens, dans *Berg et Beck*, mais sous une forme

« fictionnée ». Autre exemple, visible cette fois au début de cette lettre, la course éperdue de Zozo à travers Paris après avoir réussi à s'enfuir du Vel'd'Hiv', et déjà racontée dans le chapitre « Merci, Monsieur le commissaire ! » de *Quoi de neuf sur la guerre ?*.

Démarche inhabituelle dans les deux cas : c'est après avoir été d'abord « habillés de fiction » qu'ils apparaissent en réel. Il y a encore, d'un livre à l'autre, d'autres exemples, où le réel précède l'imaginaire. Et je me disais qu'il faudrait bien qu'un jour, je m'explique pourquoi. Le livre qui m'a éclairé, et de façon magistrale (je te parlerai du second plus loin) c'est *Les Faits* de Philip Roth. Publié en 2020 [1], je l'ai lu peu après avoir raconté les aventures de Zozo.

Pour parler de ce problème, Philip Roth a eu une idée géniale, il a inventé « un héros de papier, un alter ego », Nathan Zuckerman, que l'on retrouve parfois dans d'autres romans de Roth comme personnage de premier plan.

Les Faits commence par une lettre que Roth écrit à Zuckerman :

Cher Zuckerman,

Dans le passé, tu le sais, les faits ont toujours été des notes jetées dans un carnet, qui m'assuraient un tremplin vers la fiction. Pour moi comme pour la plupart des romanciers, tout événement authentiquement stimulant pour l'imagination commence par là, par les faits.

1. Dans une nouvelle traduction de Josée Kamoun, Gallimard.

Au bout de cette lettre qui fait neuf pages, Roth raconte cinq moments de son identité d'homme et d'écrivain. Après quoi nous avons cette incroyable réponse de Zuckerman :

« Cher Roth

J'ai lu le manuscrit deux fois. Tu m'as demandé d'être franc, je vais l'être : ne le publie pas. »

Et là, j'ai fait comme Zuckerman. J'ai lu cette phrase deux fois. Parce que ce qu'il demande à Roth de ne pas publier, nous venons de le lire. Et là encore, avec ce qui suit, pour ne pas oublier que lorsque Zuckerman écrit c'est à lui-même que Roth écrit, il faut lire avec concentration, ce que dit Zuckerman : « Tu t'en sors beaucoup mieux, quand tu écris sur moi, que quand tu entreprends de raconter ta vie "avec exactitude" [...]. Si j'en juge par ce que je viens de lire (*il s'agit là des moments de son identité, d'homme et d'écrivain*) je crois pouvoir dire que tu as toujours autant besoin de moi que j'ai besoin de toi – et que j'ai besoin de toi va sans dire ! »

Dans cette réponse de Zuckerman qui fait quarante pages, j'avais envie de tout souligner, mais comme je ne peux raisonnablement pas tout recopier, je vais me contenter de ces lignes : « ... dans ce livre, tu ne te permets pas de dire ce que tu dis le mieux [...] Dans la fiction, tu peux être tellement plus près du vrai. »

Et puis, il me semble utile de faire remarquer que le livre que Philip Roth a écrit juste après *Les Faits*, c'est, si j'en juge d'après sa date de publication, *Patrimoine*. Livre qui porte un sous-titre : « Une histoire vraie ».

Alors je me demande si ce n'est pas parce que je n'avais tourné que des films documentaires, qu'à l'âge de soixante ans j'ai écrit mon premier roman. N'avais-je pas écrit dans ce roman et plus récemment encore au début de cette lettre : « Soit, j'écris. Mais je n'écris pas quoi qu'il arrive ni sur tout ce qui m'arrive »?

J'ai un petit regret. Lorsque plus haut j'ai dit que j'allais me contenter de ces lignes : « [...] dans ce livre tu ne te permets[...] », à cette phrase je voudrais ajouter celle-ci : « Ton travail a toujours consisté à tisser *d'un même fil* les faits et l'imagination. » Le tailleur que j'ai été il y a longtemps ne pouvait rester insensible à cette formulation.

« À New York, dans les années 1940, un enfant enfermé dans un sous-sol regarde les chaussures des passants. Pauvre, sans autre protection que celle d'une mère excentrique, Claude Rawlings semble destiné à demeurer spectateur d'un monde inaccessible. Mais dans la chambre du fond, enseveli sous une masse de vieux papiers, se trouve un petit piano désaccordé. En déchiffrant les secrets de son clavier, Claude va se découvrir lui-même : il est musicien. »

Ce texte, c'est celui qui figure en quatrième de couverture de *Corps et âme*[1] de Frank Conroy.

Corps et âme est l'autre livre annoncé il y a quelques pages. Lorsque j'ai appris à Mona Ozouf que je lisais, sur son conseil, ce livre de Frank Conroy, j'ai reçu d'elle une lettre dans laquelle elle me disait : « Je suis très contente que vous lisiez *Corps et*

1. Frank Conroy, *Corps et âme*, Gallimard, 1996.

âme. Avec un petit tremblement quand même : si vous alliez ne pas l'aimer ! » Je l'ai vite rassurée : ce livre est un chef-d'œuvre.

C'est un livre qui fait sept cents pages et c'est le dernier dont je vais te parler.

Cette phrase n'est pas juste. C'est d'un paragraphe particulier dont je voudrais te parler. Et comme il ne se trouve qu'à la page 401, pour rendre sa présence compréhensible je suis tenu de l'aborder avec précaution. C'est qu'il s'est passé pour Claude Rawlings beaucoup de choses avant cette page 401. Apprécié des plus grands il est devenu un des pianistes les plus considérés d'Amérique. Alors ce paragraphe, pour mieux m'engager dans ce qui va suivre, je vais le recopier. On verra après.

« Une remarque fortuite, lancée d'un ton désinvolte, sur le fait d'avoir été gamin, cireur des rues, avait pu franchir ses lèvres, comme pour prouver que ces souvenirs ne lui faisaient pas peur. Mais à personne, il n'avait parlé de la nausée, de la sensation d'être invisible, de la solitude et de la misère de son enfance [...]. Sans musique, il serait encore, et toujours, cet enfant vague, faible, aussi évanescent qu'une volute de fumée. Parfois, lorsqu'il faisait de la musique de chambre dans un salon, ou accompagnant un chanteur dans la salle de bal d'un hôtel, il avait le sentiment d'être un imposteur. Il se savait bon musicien – et pourtant, quelque part, dans une zone plus profonde de lui-même, il était stupéfait de s'en sortir ainsi. »

En attendant de savoir comment je vais te parler de ce que Conroy appelle l'imposture et surtout pourquoi je veux t'en parler, je vais te dire quelques mots au sujet d'une phrase de ce livre sur laquelle, en cours de lecture, je suis tombé et qui m'a renvoyé à un souvenir vieux d'une dizaine d'années. C'est une phrase toute simple, à la page 134 : « L'enfant étant la seule à rire dans la salle. »

Nous étions au cinéma Elen et moi, à regarder *Amour*, un film de Michael Haneke, avec Emmanuelle Riva et Jean-Louis Trintignant. Sorti en 2012, tu ne connais donc pas ce film. Alors en quelques mots que pour simplifier j'ai pris dans Wikipédia : « Georges et Anne sont octogénaires, professeurs de musique à la retraite. Un soir, après avoir assisté à un concert, rentrés chez eux, Anne est victime d'une attaque cérébrale. L'amour qui unit ce vieux couple est mis à rude épreuve par la dégradation d'Anne devenue hémiplégique. »

Le souvenir évoqué est celui-ci : Jean-Louis Trintignant (Georges) ayant à se baisser pour ramasser une couverture tombée à terre, ne parvenant pas, une fois au sol, à se relever sans appui, est contraint de se glisser vers une chaise, et là, s'aidant des coudes et des mains, parvient avec effort à se remettre debout. La vue de ce moment avait déclenché chez Elen un petit rire. Cet effort physique lui était familier. Elle le connaissait pour avoir maintes fois eu l'occasion de le pratiquer, et c'est dans une totale connivence avec Trintignant que ce rire avait été déclenché. Mais il semble bien qu'elle était la seule à avoir ri, car deux personnes placées devant nous, visiblement choquées par ce rire pour eux incompréhensible, nous jetèrent un regard manifestement hostile.

Cet acte, cet effort de Trintignant qui émergeait de l'écran, était pareil aux siens. Et si j'ai voulu te raconter ce court moment, ce moment dont Elen s'était sentie si proche, c'est qu'aujourd'hui encore et plus qu'alors je suis heureux qu'elle ait eu ce rire. Oui j'ai aimé et j'aime encore ce rire qui lui était venu. Un rire pour moi désormais inoubliable.

Je reviens au paragraphe sur l'imposture avec lequel je vais probablement passer du temps. À « l'imposture » ressentie par Claude Rawlings. C'est en me demandant comment en parler que j'ai été renvoyé, une fois encore, à Holden Caulfield, le héros de *L'Attrape-cœurs* de J.D. Salinger[1], cet adolescent dont le rêve, disait-il, « c'est lorsqu'on a fini un livre qu'on arrive pas à lâcher et quand on l'a fini on voudrait que l'auteur soit un copain et on lui téléphonerait chaque fois qu'on aurait envie ». Mais ça ne m'arrive pas souvent, disait-il encore.

Oui, ça n'arrive pas souvent. Et cette envie, il m'est arrivé de l'avoir en pensant à Frank Conroy, l'auteur de *Corps et âme*. Mais Frank Conroy est mort en 2005. Alors c'est avec ce que

1. J.D. Salinger, *L'Attrape-cœurs*, Robert Laffont, 1986.

je vais tenter de dire que je voudrais le remercier, lui dire que son livre m'a été d'un grand secours. Si j'ai tardé à le faire, c'est que j'attendais de savoir comment. Et j'avoue ne toujours pas savoir.

En attendant d'avancer vers ce moment, j'ai cherché à m'occuper (prétexte pour ne pas commencer ?). J'ai encadré quelques photos. En particulier les plus anciennes, les plus fragiles. Comme la dernière connue de mon arrière-grand-père prise à Vienne en 1929, que je trouve la plus belle parce qu'il a près de lui deux petites-filles. Deux petites filles dont les mains confiantes reposent sur les genoux de leur grand-père. L'une, Francie, est partie peu après avec ses parents en Amérique. L'autre, Vera, à peine sortie de l'adolescence a été déportée dans le camp de Modliborzice dont elle n'est pas revenue.

Et puis aussi, sortis de mes dernières lectures, j'ai collé des nouveaux post-it sur les étagères de ma bibliothèque. Comme celui-ci, lu dans *Ostinato* de Louis-René des Forêts : « L'esprit doucement s'endort, il n'y a que le cœur qui se souvienne. »

Bon, il faut bien commencer. Que je m'engage dans ce fameux paragraphe. Par tâtonnements d'abord. En tout cas écrire. Pour ça, il faut je crois que je reparte du jour où pour la première fois j'ai vu dans la vitrine d'une librairie mon premier roman, *Quoi de neuf sur la guerre ?*. C'était il y a trente ans et je me demandais ce que mon livre faisait là. J'en avais soixante et je me demandais ce que moi je faisais là. Il y avait dans la vitrine un livre que j'avais écrit, entouré de livres que d'autres avaient écrits et je le voyais comme s'il venait de débarquer sur une terre qui lui était étrangère. Ou plus exactement, comme il y avait mon nom sur la couverture du livre, je me voyais comme un élève venu d'ailleurs, d'un autre pays, scolarisé dans une classe d'enfants plus jeunes, se connaissant tous, et avec qui, en raison de mon âge, je n'allais pas partager les jeux.

Comment tout ça avait-il commencé ?

J'avais dit à Georges Perec : j'ai l'idée d'une nouvelle. Il m'a dit : tu l'écris.

Deux ans après la mort de Perec j'écris cette nouvelle. J'ai attendu encore un an avant de la montrer à Paul Otchakovsky-Laurens. Il m'a dit : je veux la suite.

Pendant près de six ans, parce que j'avais besoin d'être rassuré, je lui « livrais » un ou deux chapitres au fur et à mesure de leur achèvement. Et comme tous ces chapitres se passaient dans un atelier de vêtements pour dames, ils étaient souvent accompagnés d'un élément (en réduction) de patron en papier kraft, comme une manche, un col, un devant avec l'indication de l'emplacement des pinces, un dos, etc.

En 1993, une fois le livre terminé, je lui ai apporté ce que l'on peut voir ci-après. L'original est toujours visible dans le bureau de Paul.

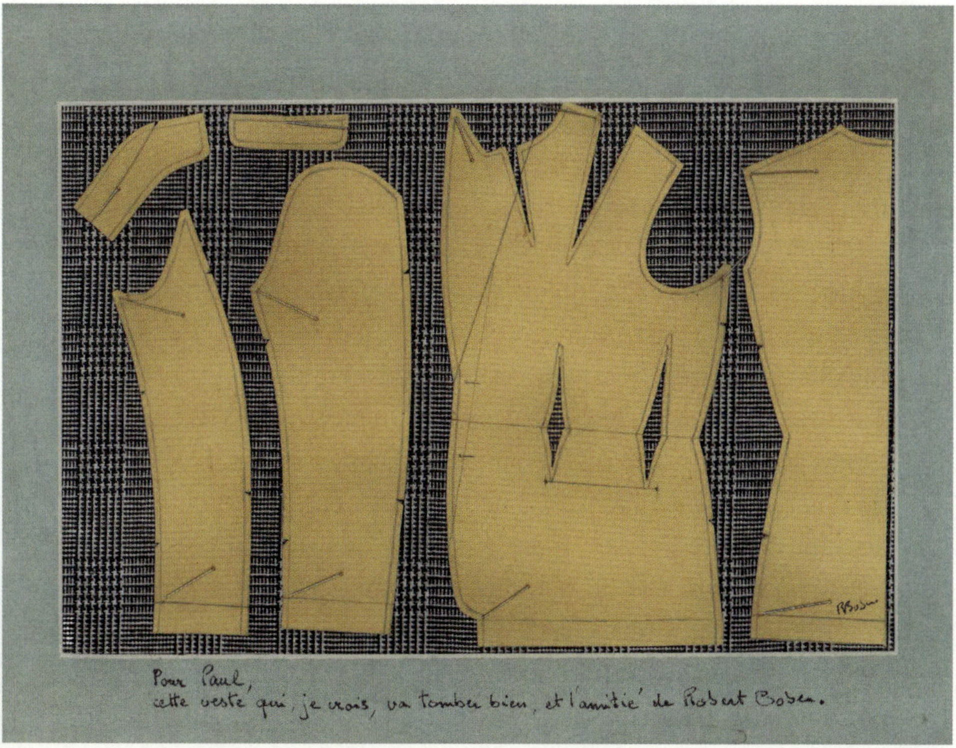

En 2017, lorsque l'Institut Mémoires de l'édition contemporaine a invité des éditeurs à extraire de leur fonds une pièce d'archives qui raconte un moment de leur histoire, Paul Otchakovsky-Laurens a choisi de montrer ces éléments de patron encadrés comme on voit.

Je crois qu'il avait compris pourquoi une fois le livre écrit, je lui avais apporté ces éléments épinglés sur du tissu. Tracés, découpés, ils seraient assemblés pour devenir un vêtement. Et il ne manquerait plus à ce vêtement, qu'un corps l'habite pour lui donner vie.

Il est certain qu'avec ce livre je n'avais pas voulu laisser des moments de ma vie derrière moi. J'avais seulement voulu – même si je ne m'en suis rendu compte qu'après l'avoir terminé – ramener ces moments de vie au présent et les partager avec d'autres. C'est pourquoi je croyais en rester là. Pendant tout le temps que dura son écriture, de Flaubert à Proust, de Tardieu à Reverdy, de Supervielle à Queneau, de Marguerite Duras à Balzac, nous n'avons jamais arrêté de tourner. L'écriture de *Quoi de neuf sur la guerre ?* ne balayait rien. L'acte de filmer et celui d'écrire la lettre n'avaient pour moi rien en commun. Et s'il leur est arrivé de se tendre la main, rien ne les unissait.

Ce que j'ignorais, c'est que quelque chose allait se mettre en route. Moins d'un an après *Quoi de neuf sur la guerre ?* je commençais l'écriture de *Berg et Beck* (publié en 1999), et j'entrais, sans le savoir, sans m'en rendre compte, dans un territoire neuf.

Mais je ne passais pas à autre chose. Je faisais seulement quelque chose de plus. Juste quelque chose de plus. Pas à la place. Il n'a jamais été question d'abandonner le film comme j'avais abandonné l'aiguille et la machine à coudre, même s'il m'arrive à l'occasion de recoudre un bouton.

Petite parenthèse qui découle de ce dernier corps de phrase : il y a sur mon bureau un vieux plumier de bois dans lequel se trouvent plusieurs objets : quelques stylos, quelques crayons et un taille-crayon, un canif Laguiole, une gomme, un Tipp-Ex et un dé à coudre qui a presque mon âge. Et c'est bien évidemment pour signaler sa présence que je viens d'énumérer tous les objets se trouvant dans mon plumier.

Ce qui, malgré moi, m'a fait accéder à quelque chose qui était hors de moi, au-delà de moi, et m'a rapproché du sentiment d'imposture ressenti par Claude Rawlings, c'est un article paru dans le *Nouvel Observateur* annonçant la diffusion sur Arte à 23 h 50 (oui, oui à 23 h 50) d'un documentaire sur Balzac que nous venions de réaliser.

L'article en question était titré « Quoi de neuf sur Honoré ? » et sous-titré « Le lauréat du livre Inter 1994 raconte les grandes amours de Balzac ». L'article était très élogieux (il rappelait en amorce « la manière époustouflante » avec laquelle nous avions raconté l'affaire Dreyfus) et je serais mal venu de lui faire des reproches. Non, ce qui me dérange, aujourd'hui encore, c'est ce qui suit : « les mêmes ont signé ces deux documentaires : l'écrivain Robert Bober qui lorsqu'il ne publie pas (*Quoi de neuf sur la guerre ?* en 1994 ou *Berg et Beck* cette année chez P.O.L) travaille pour la télé, et Pierre Dumayet, son ami de toujours. »

C'est en étranger que j'avais pris ce chemin imprévu qu'est l'écriture, et voilà qu'on me naturalisait sans que j'en fasse la demande.

Je ne vais pas rester longtemps avec « lorsqu'il ne publie pas » qui laissait entendre que c'est seulement lorsque je ne publiais pas que je tournais pour la télé, mais rappeler tout de même que depuis *Cholem Aleikhem* (1967) j'avais réalisé près d'une centaine de films documentaires. Et voilà qu'avec deux livres écrits j'étais l'écrivain Robert Bober ?

J'ai regardé dans le dictionnaire la définition du mot imposture, ce mot venu comme une lueur alors que je ne l'attendais pas. Et je lis : « Tromperie d'une personne qui se fait passer pour ce qu'elle n'est pas. »

Comme j'ai toujours dit que je n'étais pas un écrivain mais un cinéaste qui écrit des livres, ce n'est pas tout à fait dans ce sens que j'ai reçu ce mot. Mais pour quelque chose que nous avions en commun Claude Rawlings et moi.

Mais avant d'en parler, il faudrait peut-être que j'essaie de dire pourquoi je me suis mis à écrire.

Je ne me suis pas dit, parce que nous avions fait beaucoup de portraits d'écrivains, tiens, si j'écrivais un livre moi aussi ?

Je crois que j'ai écrit parce qu'à un moment déjà avancé de ma vie, j'avais d'autres histoires à raconter. Et bien que ce n'était pas mon métier d'écrire, j'ai pensé que ces histoires seraient plus à leur place sur une page blanche que sur un écran. Alors ce métier, comme je n'en avais pas fait l'apprentissage, il a fallu que je l'apprenne. Comme tous les métiers que j'avais exercés : en les faisant.

Et le miracle, bien que mon parcours professionnel ne m'ait pas préparé à m'aventurer sur ces chemins nouveaux, c'est que la page blanche a accepté de m'accueillir.

Ces histoires que je voulais raconter, étaient des histoires chargées de souvenirs. Des souvenirs éparpillés mais persistants, et maintenus intacts, parfois douloureux, parfois apaisants et qui, parce qu'ils m'emportaient plus volontiers du côté de l'enfance, attendaient, impatients, que je les appelle.

J'ai répondu à leurs appels. Rien n'avait été effacé.

Les premiers mots que j'ai alignés me ramenaient au jour où, sorti du temps des culottes courtes, assis derrière une machine à coudre, j'ai gagné mes premiers sous. Je venais de passer mon certificat d'études primaires et rentrais dans le monde du travail sans avoir d'autre ambition. C'est pourquoi, c'est avec application que j'ai appris le métier de tailleur.

C'est en pensant à ces années d'apprentissage que j'ai imaginé comment, en Pologne, mon arrière-grand-père ferblantier avait appris à faire des chandeliers.

« Mes yeux seuls posaient des questions, avais-je écrit. Les réponses étaient données par les gestes des hommes. On fait attention aux mains et on apprend que les mains aussi ont une mémoire. »

À l'image de mon arrière-grand-père, je n'avais que le désir d'apprendre. Sans que jamais, même au plus profond de moi, même confusément, je ne soupçonne tout ce que par la suite j'allais entreprendre au cours de mon existence. L'idée de poursuivre des études ne m'était même pas venue. Je gagnais ma vie comme tailleur comme d'autres la gagnent comme médecin, avocat ou professeur. Le seul métier qu'à cet âge j'aurais aimé apprendre mais qui m'était interdit parce que les écoles professionnelles n'acceptaient pas les étrangers, c'est celui d'horloger. Il m'a fallu y renoncer.

De ces années passées dans ces ateliers, de Grynspan à Knoplioch, peut-être parce que nous étions encore dans ce temps que l'on appelle l'après-guerre, j'en garde plutôt des bons souvenirs.

Alors pourquoi avoir quitté ce métier ?

Amorcée dans *Quoi de neuf sur la guerre ?*, précisée dans *Berg et Beck*, confirmée de livre en livre jusqu'au chapitre que j'ai consacré à Zozo, c'est dans les colonies de vacances de la Commission centrale de l'enfance que se trouve la réponse.

C'est en juillet 1952, après les avoir fréquentées comme colon dès la Libération, que j'y suis revenu comme moniteur. Au bout de ces deux mois de colonie ma décision était prise : je serai éducateur à plein temps.

On m'avait parlé des Ateliers éducatifs du Claireau situés dans un château de la vallée de Chevreuse où l'on apprenait, pour les enseigner à notre tour, des travaux manuels. Alors tout en continuant à gagner ma vie comme tailleur, j'ai passé presque tous mes week-ends à faire de la poterie, de la reliure, des marionnettes, et je suis devenu éducateur spécialisé. Ça a pris deux ans.

Spontanément, alors que j'ai déjà beaucoup écrit sur ces colonies de vacances, je suis presque tenté d'en dire davantage. De redire qui étaient ces enfants. Là encore les souvenirs se mettraient en route. À cause de tout ce que j'y avais appris. Et parce que j'ai la conviction, aujourd'hui encore, que ma présence parmi ces enfants a été plus importante pour moi que pour eux.

Mais je ne veux pas rester plus longtemps éloigné de ce que je voulais te dire plus haut. Ce que je veux dire encore, c'est que je n'ai pas, comme Claude Rawlings, souffert de solitude et pas eu d'enfance misérable. Mais ce que j'ai ressenti avoir en commun avec lui, et qui m'est resté, c'est, bien qu'en ayant emprunté un chemin inhabituel, d'être arrivé là où je suis aujourd'hui. Et il a fallu que Frank Conroy m'apprenne qu'il y a un mot pour le dire. Un mot que j'ai reconnu. Un mot dont j'avais besoin. C'est un sentiment étrange.

Comme Claude Rawlings, mes souvenirs ne me font pas peur. Ces souvenirs du monde du travail je ne leur ai pas tourné le dos. Bien au contraire. Ils n'ont cessé de me nourrir. Et comme lui, pensant à d'où je venais je ne cesse d'être stupéfait d'être là à poursuivre mon travail d'écriture.

Avec quelle légitimité ?

Ce sentiment d'imposture, je le sais, ne disparaîtra jamais tout à fait. Pourtant, quelque chose en moi semble avoir bougé. Je m'en suis rendu compte lorsque j'ai eu l'impression d'être comme un voisin de palier nouveau venu dans un immeuble et qui, souhaitant faire connaissance, demande à quelle heure arrive le courrier.

En attendant la réponse, j'écoute le bruit que font mes souvenirs.

J'aimerais, et depuis que je sais que je vais écrire ce qui va suivre je ne cesse d'y penser, oui, j'aimerais qu'une femme et qu'un homme, jeunes encore, ne se connaissant pas, lisant mon nom à la page Carnet du journal *Le Monde*, et se souvenant d'un de mes livres qu'ils avaient aimé, projettent – séparément puisqu'ils ne se connaissent pas – de se rendre à la cérémonie.

Le journal indique le jour, l'heure, et le lieu : cimetière parisien de Bagneux. Et en bas de l'annonce cette précision : ni fleurs ni couronnes.

Le jour dit, toujours séparément, ils se retrouveront, comme indiqué dans le journal, près de l'entrée principale du cimetière 45 avenue Marx-Dormoy.

Ce sera en automne. J'aime bien l'automne. Alors disons que ça sera en automne. Il y aura encore quelques feuilles aux arbres. La plupart, que le vent à son gré a détachées ont commencé à tapisser le sol. Il arrivera peut-être qu'on y voie des écureuils roux.

Un peu de monde se trouverait déjà là, mais la femme et l'homme ne connaissant personne se tiendront un peu en retrait, discrètement, attentifs à ce qui se passe, prenant soin de faire comme tout le monde. Peut-être chercheront-ils à mettre un nom sur les visages.

Et puis, un signal, et on se met en route. On suit ceux qui se connaissent. C'est dans l'avenue des Tilleuls de Hollande, après le deuxième rond-point de l'allée principale appelée « avenue » elle aussi que ça se passe.

Pour la famille et les personnes âgées des chaises métalliques pliantes ont été installées. La femme et l'homme sont silencieux. Peut-être sont-ils venus aussi pour apprendre quelque chose. Que l'on parle aux morts, ça, ils doivent le savoir. Ce qu'ils ne savaient pas et qu'au passage, ils auront remarqué, c'est que sur la plupart des pierres tombales, sur leur partie verticale, juste au-dessus des noms, et parfois accompagnée de photographies, une étoile à six branches est gravée. Resurgira alors, sans doute dans leur mémoire, si c'est *Berg et Beck* qu'ils ont lu, un temps où une étoile semblable mais en tissu celle-là, devait, sous peine d'être raflé, être obligatoirement portée sur le côté gauche de la poitrine.

Près du cercueil des paroles seront dites. Des paroles faites de souvenirs. Des souvenirs qui ne meurent pas, où le cœur n'est jamais loin. Le rabbin aussi dira quelques mots. Il sait ceux qu'il faut dire.

Et puis le kaddish, la prière pour les morts, dit par mes enfants.

Yisgadal véyiskadash chémé rabo…

Puis une chanson en yiddish, peut-être deux, choisies parmi celles que l'on retient.

Après ce moment partagé, quand le temps de l'enterrement sera passé, on retraversera l'Avenue principale. Des couples se tiendront par la main.

La femme et l'homme venus sans se connaître marcheront près de ceux qui vont moins vite, et comme les gens qui ne connaissent personne se reconnaissent toujours, l'un demandera à l'autre, vous le connaissiez ?

Arrivés seuls, ils repartiront deux. Et, poussés par le désir de se connaître ils parleront d'autres choses. Ils remarqueront, en les nommant, les noms d'arbres que portent les allées : avenue des Érables champêtres, avenue des Micocouliers, avenue des Bouleaux fastigiés, avenue des Marronniers d'Inde, avenue des Frênes monophiles, avenue des Copalmes, avenue des Érables pourpres (ex-avenue des Cerisiers), avenue des Tilleuls argentés. Et ainsi jusqu'au bout retrouvé de l'avenue principale.

Ceux qui se connaissent se retrouveront, parce qu'on va pas se quitter comme ça, au café situé juste en face de l'entrée du cimetière. Assoiffés de passé qui pour certains fut commun, ils feront resurgir d'autres souvenirs.

Quelques-uns rejoindront leur voiture garée le long du mur du cimetière.

Vous êtes venus en voiture ? – Non. Et ces deux-là poursuivront leur chemin jusqu'à la station de métro *Barbara* toute proche inaugurée voici peu. Arrivés à la station ils se regarderont. D'une voix presque murmurée, elle se hasardera :

Dis, quand reviendras-tu
Dis, au moins le sais-tu
Que tout le temps qui passe
Ne se rattrape guère
Que tout le temps perdu
Ne se rattrape plus

Ils descendront l'escalier du métro et monteront dans le même wagon. Et ce sera peut-être le début d'un roman que l'un des deux écrira.

Un roman d'où je disparaîtrai dès la première page puisque je serai resté dans le cimetière, du côté de l'avenue des Tilleuls de Hollande où Elen m'attendait.

Nous nous retrouverons au soir
Sur le rebord de la margelle
aux abords humides du puits
lorsque nous n'aurons plus d'espoir
d'aller plus avant dans la vie
Quand donc cette heure viendra-t-elle.

Crédits images

p. 14

Affiche réalisée par Tal Hever-Chybowski, 2020, et reproduite avec l'aimable autorisation de la Maison de la culture yiddish - Bibliothèque Medem

p. 18

Saul Steinberg, "Passport photo", 1951, Fingerprints on paper, Whereabouts unknowm © The Saul Steinberg Foundation / Artists Rights Society (ARS), New York / Adagp, Paris 2023

p. 19

Saul Steinberg, "Untitled", c. 1950-53, empreinte digitale sur papier. Localisation inconnue © The Saul Steinberg Foundation / Artists Rights Society (ARS), New York / Adagp, Paris 2023

p. 22

Saul Steinberg, "Comics", 1953, encre et crayon sur papier, 14 ½ × 11 ½ pouces. Beinecke Rare Book and Manuscript Library, Yale University © The Saul Steinberg Foundation / Artists Rights Society (ARS), New York / Adagp, Paris 2023

p. 34

Saul Steinberg, “Cancel Face”, 1951, encre et crayon sur papier, 14 ½ × 11 3/8 pouces. Beinecke Rare Book and Manuscript Library, Yale University © The Saul Steinberg Foundation / Artists Rights Society (ARS), New York / Adagp, Paris 2023

p. 35

Saul Steinberg, “Looking Back”, 1953, encre sur papier, 13 1/8 × 10 ¼ pouces, collection privée. Publié à l’origine dans le New Yorker, le 26 décembre 1953 © The Saul Steinberg Foundation / Artists Rights Society (ARS), New York / Adagp, Paris 2023

p. 56

Photo Marcel Cohen

p. 63

Robert Doisneau, « La Grosse bouteille » © Atelier Robert Doisneau

p. 100

Peinture de Seth © Julien Malland, photographie de Maguy Alziari

p. 102

Peinture de Seth © Julien Malland, photographie DR

p. 103

Peinture de Seth, rue Buot, Paris XIIIe © Julien Malland, photographie DR

p. 105

Peinture de Seth, Popasna, Ukraine © Julien Malland, photographie DR

p. 106

Julien Malland avec un petit garçon de Popasna, Ukraine, photogramme du film *L'Art de renaître* de Vincent Lefebvre, coproduction Mediatika & Mainstream Pictures, production associée Stewopol SP. Zoo & Sky Art Foundation, 2021

p. 110

Enfant de Popasna, Ukraine, photogramme du film *L'Art de renaître* de Vincent Lefebvre, coproduction Mediatika & Mainstream Pictures, production associée Stewopol SP. Zoo & Sky Art Foundation, 2021

p. 111

Enfants de Popasna, Ukraine, photogramme du film *L'Art de renaître* de Vincent Lefebvre, coproduction Mediatika & Mainstream Pictures, production associée Stewopol SP. Zoo & Sky Art Foundation, 2021

p. 112

Enfants de Popasna, Ukraine, photogramme du film *L'Art de renaître* de Vincent Lefebvre, coproduction Mediatika & Mainstream

Pictures, production associée Stewopol SP. Zoo & Sky Art Foundation, 2021

p. 113

Enfants de Popasna et leurs dessins, Ukraine, photogramme du film *L'Art de renaître* de Vincent Lefebvre, coproduction Mediatika & Mainstream Pictures, production associée Stewopol SP. Zoo & Sky Art Foundation, 2021

p. 113

Enfant de Popasna montrant son dessin, Ukraine, photogramme du film *L'Art de renaître* de Vincent Lefebvre, coproduction Mediatika & Mainstream Pictures, production associée Stewopol SP. Zoo & Sky Art Foundation, 2021

p. 115

Peinture de Seth, Popasna, Ukraine © Julien Malland, photogramme du film *L'Art de renaître* de Vincent Lefebvre, coproduction Mediatika & Mainstream Pictures, production associée Stewopol SP. Zoo & Sky Art Foundation, 2021

p. 116

Peinture de Seth, Popasna, Ukraine © Julien Malland, photogramme du film *L'Art de renaître* de Vincent Lefebvre, coproduction Mediatika & Mainstream Pictures, production associée Stewopol SP. Zoo & Sky Art Foundation, 2021

p. 116

Enfant de Popasna, Ukraine, photogramme du film *L'Art de renaître* de Vincent Lefebvre, coproduction Mediatika & Mainstream Pictures, production associée Stewopol SP. Zoo & Sky Art Foundation, 2021

p. 118

© Evgeniy Maloletka/AP/SIPA, 2022

p. 121

Julien Malland avec un petit garçon de Popasna, Ukraine, photogramme du film *L'Art de renaître* de Vincent Lefebvre, coproduction Mediatika & Mainstream Pictures, production associée Stewopol SP. Zoo & Sky Art Foundation, 2021

p. 143

Pierre Bonnard, « La Petite blanchisseuse », 1896, lithographie

p. 170

© Guy Le Querrec / Magnum Photos

p. 173

© Gilles Peress / Magnum Photos

p. 181

© René-Jacques / BHVP / Roger-Viollet

p. 187

Robert Doisneau, « Le jardin du Vert-Galant » © Atelier Robert Doisneau

p. 192

Jean Moulin sur les épaules de son père, détail © Photo Laure Moulin – Collection familiale

p. 197

Jean Moulin sur les épaules de son père © Photo Laure Moulin – Collection familiale

Crédit contributeur

p. 192 à 196

Avec l'aimable autorisation d'Éric Vuillard

p. 235-238

Avec l'aimable autorisation de Mona Ozouf

Livres cités

Pierre Dumayet, *La Nonchalance*, Verdier, 1990

Pierre Reverdy, *La Lucarne ovale*, 1916, Gallimard, 1996

Martin Buber, *Les Récits hassidiques*, Éditions du Rocher, 1963

Martin Buber, *Gog et Magog*, Gallimard, 1958

Pierre Dumayet, *Autobiogaphie d'un lecteur*, Pauvert, 2000

André Schwartz-Bart, *Le Dernier des Justes*, Éditions du seuil, 1959

Gustave Flaubert, *Madame Bovary*, Classiques Garnier, 1856

Groucho Marx, *Groucho et moi*, Artaud, 1962

Jean Frémon, *Le Miroir magique*, P.O.L, 2020

Fabio Viscogliosi, *Harpo*, Actes Sud, 2020

Harpo Marx, *Harpo et moi*, Charles Mandel, 1963

Pierre Reverdy, *En vrac*, Éditions du Rocher, 1956

Guillaume Apollinaire, *Alcools*, Mercure de France, 1913

Saul Steinberg, *The Passport*, Hamish Hamilton, 1954

Aharon Appelfeld, *Histoire d'une vie*, L'Olivier, 2004

Jules Supervielle, *Le Forçat innocent*, Gallimard, 1995

Groucho Marx, *Correspondance*, Éditions Champ libre, Paris 1971

Serge Rodgold, *Chère Edzia, chers enfants*, Éditions du Cercil, 2002

Delphine Horvilleur, *Vivre avec nos morts*, Grasset, 2021

Marcel Cohen, *Assassinat d'un garde*, Gallimard, 1938

Georges Perec, *W ou le souvenir d'enfance*, Denoël / Lettres Nouvelles, 1975

Damon Runyon, *Le Complexe de Broadway*, Gallimard, 1982

Georges Perec, *Récits d'Ellis Island*, P.O.L, 1994

Yasmina Reza, *Nulle Part*, Albin Michel, 2005

Martine de Rabaudy, *À l'absente*, Gallimard, 2019

Yasmina Reza, *Serge*, Flammarion, 2021

Vladimir Jankélévitch et Béatrice Berlowitz, *Quelque part dans l'inachevé*, Gallimard, 1978

Antonio Moresco, *La Petite Lumière*, Verdier, 2014

Jean Tardieu, *Monsieur Monsieur*, NRF Gallimard, 1951

Paul Eluard, *Au rendez-vous allemand*, Éditions de Minuit, 1945

Georges Perec, *Notes brèves sur l'art et la manière de ranger ses livres*, Humidité n°25, Printemps 1978, Repris dans Penser / Classer, Textes du XXe siècle, Hachette, 1985,

Pierre Bergounioux, *Le Premier mot*, Gallimard, 2001

Pierre Bergounioux, *L'Arbre sur la rivière*, Gallimard, 1988

Pierre Bergounioux, *C'était nous*, Gallimard, 1989

Pierre Bergounioux, *Catherine*, Gallimard, 1984

Aristide Brauant, *Dans la rue*, Eugène Rey, 1924

Francis Jourdain et Jean Adhémar, *Toulouse-Lautrec*, Éditions du temps, Pierre Tisné, 1987

Francis Jourdain, *Né en 76*, Éditions du Pavillon, 1951

Francis Jourdain, *Ingres*, Braun & Cie, 1949

Jacques Prévert et Izis, *Grand bal du printemps*, Éditions Claire Fontaine, 1951

Francis Jourdain, *Seize gravures en couleur*, Éditions Cercle D'Art, 1950

Pierre Alechinsky, *Roue Libre*, Skira, 1971

Daniel Mendelsohn, *Les Disparus*, Flammarion, 2007

W,G, Sebald, *Les Émigrants*, Actes Sud, 1999

Jacques Roubaud, *La Boucle*, Seuil, 1993

John Berger, *L'Air des choses*, Éditions François Maspero, 1979

Raymond Queneau, *Courir les rues*, Gallimard, 1967

Georges Perec, *Lieux, La librairie du XXIe siècle*, Seuil, 2022

Georges Perec, *Espèces d'espaces*, Éditions Galilée, 1985

Robert Coles, *Dorothea Lange : Photographies d'une vie*, Könemann, 1998

Eduard Steichen, *The Family of Man*, New York Museum of Modern Art, 1955

Catherine Chalier, *Sagesse des sens*, Albin Michel, 1995

Éric Vuillard, *L'Ordre du jour*, Actes sud, 2017

Éric Vuillard, *Tristesse de la Terre*, Actes sud, 2014

Guy Le Querrec et Jim Harrison, *Sur la piste de Big Foot*, Éditions Textuel, 2000

Edmond Jabès, *Le Livre des questions*, Gallimard, 1988

Vladimir Jankélévitch, *L'imprescriptible*, Seuil, 1986

Vladimir Jankélévitch, *Penser la mort ?*, Liana Lévi, 2003

Vladimir Jankélévitch, *Le Paradoxe de la morale*, Éditions du Seuil, 1989

Aharon Appelfeld, *Adam et Thomas*, L'école des Loisirs, 2014

Marcel Cohen, *Le Grand Paon-de-nuit*, Gallimard, 2014

Georges Perec, *Je me souviens*, Hachette / P.O.L, 1978

Mona Ozouf, *Composition française : Retour sur une enfance bretonne*, Gallimard, 2009

Joseph Telushkin, *Le Grand Livre de la sagesse juive*, Calmann-Lévy, 1999

Pierre Reverdy, *Le Livre de mon bord*, Mercure de France, 1948

Nicole Krauss, *Être un homme*, Éditions de l'olivier, 2021

Nicole Krauss, *L'Histoire de l'amour*, Gallimard, 2006

Philip Roth, *Un homme*, Gallimard, 2006

Philip Roth, *Les Faits*, Gallimard, 2020

Philip Roth, *Patrimoine*, Gallimard, 1992

Frank Conroy, *Corps et âme*, Gallimard, 2021

J.D. Salinger, *L'Attrape-cœurs*, Éditions Robert Laffont, 1986

Louis-René des Fôrets, *Ostinato*, Mercure de France, 1997